弃犬历险记

谨以此书献给关心弃犬命运和热爱动物的人们

海阔天空,
蒲公英,你任性地到处飘荡,
一会儿云端,
一会儿山冈,
不知道哪里是你的天堂。

我要抓住你,
抓住我的命运。
你变成了我的梦想,
你飘落在哪里,
那里就是我的诗和远方。

花城微店

弃犬历险记

丘克军◎著

SPM 南方传媒 花城出版社
中国·广州

图书在版编目（CIP）数据

弃犬历险记 / 丘克军著. -- 广州：花城出版社，2024.4
　　ISBN 978-7-5749-0196-4

　　Ⅰ. ①弃… Ⅱ. ①丘… Ⅲ. ①长篇小说－中国－当代 Ⅳ. ①I247.5

中国国家版本馆CIP数据核字(2024)第051895号

出 版 人：张　懿
责任编辑：张　旬
责任校对：李道学
技术编辑：凌春梅
插图设计：赵晓苏
篆刻设计：蔡照波
封面设计：李桢涛

书　　名	弃犬历险记
	QIQUAN LIXIAN JI
出版发行	花城出版社
	（广州市环市东路水荫路11号）
经　　销	全国新华书店
印　　刷	广州市岭美文化科技有限公司
	（广州市荔湾区花地大道南海南工商贸易区 A 幢）
开　　本	880 毫米 ×1230 毫米　32 开
印　　张	7.375　2 插页
字　　数	136,000 字
版　　次	2024 年 4 月第 1 版　2024 年 4 月第 1 次印刷
定　　价	48.00 元

如发现印装质量问题，请直接与印刷厂联系调换。
购书热线：020-37604658　37602954
花城出版社网站：http://www.fcph.com.cn

谨以此书献给关心弃犬命运和热爱动物的人们。

序言：为中国版的"忠犬故事"点个赞

范以锦

克军要我为他的长篇小说《弃犬历险记》提点建议，并嘱我写个序，我感到有点意外。一方面，我长期从事的是新闻工作，要点评文学艺术界的作品有点难度；另一方面，我知道克军以写散文见长，小说只写过短篇，年逾花甲之后才来写中篇小说。然而，当我浏览了这部小说的题目和开篇"引子"之后，就一口气将全书读完了。这部小说给人一种不同凡响的感觉，还真让我刮目相看了。

细想之后，我恍然大悟，克军能写出这篇长篇小说其实一点都不意外。他写过的短篇小说最长的达2.5万字，可以说是介于中篇与短篇之间，对中长篇小说的谋篇布局已有了底气。更为重要的是，他的不平凡的经历是他的创作的深厚源泉。这部小说里的许多景物、风物与风俗有明显的客家山村的特色，而克军在客家山村里生活了多年。他并非小说中主人公的原型，正如他所说"小说中的'我'不是我"，但小说中有他的影子。他家的狗不放心他和母亲半夜出行，曾护送他们母子到火车站后跟上了车，并像小说中所说的那样，工作人员不允许狗留在车上。克军由此想象出狗下车后很无奈地追赶载着主人远去的列车，这样的虚构合情合理，在现实中的确也有这样的场景。小说本来就是现实生活的写照，《弃犬历险记》在生活中是可以找到原型的，只不过是由多个原型构成，即所谓源于生活、高于生活。克军家与乡村的众多家庭一样都养过狗，进城多年后他又养了宠物狗，所以他讲到的那些人和狗的故事、环境都可以追溯源头，这样就使读者对小说中的"我"感同身受。除了生活的积累，还需要有敏锐的洞察力，克军在多个职场的历练中培养出了这一能力。他从出版行业到新闻领域，再进入文艺界，使他始终将观察和思考问题当作常态。尤其是从南方日报调入广东省文联之后，与文艺界的行家里手打交道多了，耳濡目染中自然产生创作的冲动。他曾经与不少人讲过"犬"的离奇故事，文艺界的朋友都鼓励他写出来。正是这些因素促成了这部长篇小说的问世，而我能够为他的小说写序，也是一种缘分。老同事之前就是老相识，他在广东经济出版社时我们都是广东省政协委员，从1998年至2003年我们在同一个小组开过多次会。21世纪初，在我接任南方日报社长不久，组织就安排克军从广东经济出版社总编辑调任南方日报任社委并兼任南方日报出版社社长,2003年他又提任南方日报副总编辑,我的首部论著《南方报业战略》也是在他任上出版的。缘分归缘分,最为重要的是我看完他这部长篇小说之后怦然心动,写点感受点赞一下的想法油然而生。

小说能否让读者留下来读下去,与引人入胜的开头有很大关系;而能否让人浮想联翩、回味无穷,则要看结尾及其与前面篇章的内在联系。这部小说的开头不是按时间和情节发展的顺序来写,而是截取了一个动感十足、情节颠倒的横断面。开头的"引子"写道:"一只花斑大狗迎着云雾般的水蒸气,沿着铁路边毫不示弱地追赶着列车……奔跑了几公里之后,大花狗最终精疲力竭地趴在铁路上,张开大嘴,伸出血红的舌头喘着粗气,望着远行的列车,双眼流出了热泪……"小说写的是一只"追赶列车的狗",它为什么要追赶列车?车上远去的是什么人?一下子就把我的兴奋点调动起来了。继而"引子"将故事的梗概也介绍了,我明白这部小说写的就是"一起奔跑、命运与共"的人和犬顽强崛起的励志故事。我迫不及待地一口气读完了这部小说,结尾留下的悬念也出乎我的意料,死去的犬——阿花竟然又"复活"了。运用现代智能技术将阿花"复活",并尽量通过对狗的习惯性动作的细节描述,让"复活"的阿花更加神灵活现,这种丰富的想象力满足了读者不愿看到有灵性的阿花消亡的期许。

小说与其他文学艺术作品一样，都在不断创新发展中。克军的长篇小说《弃犬历险记》，在处理创新与传承的关系时，更多的是将两者融合在一起，做到创新中有传承、传承中有创新。综观这部小说，有几方面是比较突出的。

其一，重视小说的情节与融入散文文体相结合。克军在许多报刊发表过散文，写散文的惯性自然延伸到小说的创作中来，这也符合文学界已出现的"小说散文化"潮流。应当说，这也是小说创作中的一种创新。然而有些小说往往过分地散文泛化，忽略了波澜起伏的故事情节，以虚泛的构想取代耐人寻味的悬念。当然这也属作者的正常爱好，无可非议，但以我个人的喜好，我更欣赏克军的写法。有的部分散文味很浓，有的部分故事情节很重，但两个部分没有游离开来，都是依据人与犬的情感及社会环境进行合理安排，将各片段连缀完整。读者既被惊心动魄的情节所牵动，又被轻松活泼的散文化表达平和了情绪，即便触到伤心处也不会让读者停留太久，随后字里行间的跳跃很快就把伤痕抹去。这部散文化的小说依然能以情节引发读者共鸣，提升了吸引读者的张力。文中的"犬"和"我"及其他人物，在矛盾冲突和跌宕起伏的情节中，个性鲜明，栩栩如生。阿花经历的十大"险"和相关人物的命运直抵读者心灵，小说的主题也由此凸显出来。

其二，乡土文学与新乡土文学的有机结合。老一代的作家写的众多乡土文学，当今依然有人喜欢，但也有不少人热衷于新乡土文学的创作。克军试图将原乡土文学的手法与新乡土文学的风格兼而蓄之，这样的尝试对他而言有多种理由。他在乡村生活多年，又从乡村进入城市，对乡村与城市两者的关系具有复杂的情感，既对乡间风土人情有着无限的眷恋，又体验到了城市化进程中的乡村的另一番风味。正因为这个缘故，他在这部小说的创作中将乡土情结赋予了时代的内涵。而且，克军意识到乡村往城市化发展是一个漫长的过程，即便进程比较快的乡村，不少也依然保留着乡村的良好生态环境和乡间风土人情特色。城市的新鲜感与浓厚的"老乡土"的心境并存，克军在这部饱含老乡土与新乡土色彩小说的创作中处理得恰到好处。《弃犬历险记》的"引子：追赶列车的狗""尾声：弃犬复活记"，与正文十一章组合起来，充满着新乡土文学的气息，但读者也可从中看到沈从文的《边城》、柳青的《创业史》等老乡土文学的影子。

其三，双主角的有机结合。小说要突出人物个性，故事情节以刻画人物为中心而展开。然而，这部小说诸多笔墨都在营造一只差一点陪葬的"弃犬"阿花一生的命运，看上去似乎是以犬为主角，但细看之后，发现主人公"我"的命运与"弃犬"的命运紧密相连，而且主人公也不是孤单的一个"我"，还有相关的其他人。离开了人的形象，犬的主角立不起来。这只犬的命运与其自身的抗争有关，但很大程度上取决于人的安排，其临死逃生、死而"复活"都是人的安排。阿花从野性十足到经驯化后走向文明,以及其死后留下的精神形象也是人安排的。而且,狗也属于比较具有灵性的动物,从这部小说中可窥见人犬之间往往有着默契的沟通,形成相依为命的关系。"我"把狗从活埋的土坑中救了出来,而流氓成性的"捉蛇佬"对"我"的母亲耍流氓,阿花挺身而出英勇护卫主人——这是狗对主人忠诚的天性使然,还是知恩图报?作者未点明,但读者更愿意理解成知恩图报的因果关系,因为"知恩图报"满足了读者对传承传统美德的期待。人的刻画相对比较容易,狗的特性描写却很难,但克军笔下的阿花活灵活现,连其特有的生理特性在小说中也呈现出来了。那是求真求实精神使然,他专门请教了专业人士。在确定黄狗大汉与阿花的父子关系时得拿出证据出来,作者竟然能从犬的年龄、花色、纹路、体形、肚腩、脚趾去进行对比分析,令人信服地做出科学的判断,这正是吸纳了相关专家提出的建议。

"忠犬故事"早就有之,尤其是国外有精彩、完整的"忠犬故事"的传播。今天,我终于看到了原汁原味的充满中国风情的本土完整版的"忠犬故事"。

(作者为暨南大学新闻与传播学院名誉院长、教授、博导,南方日报前社长。)

目　　录

引子　与列车奔跑的狗　/001

　　阿花一直不明白那红色的钢铁巨轮为什么要把它的亲人带往它不能到达的远方，因此它要拼尽全力与火车赛跑；江海大学生命科学院2023级新生则遇上了让他们泪奔的新书《弃犬历险记》和诗歌《在蒲公英飘落的地方》。

第一章　初到人间　/009

　　阿花决定不了自己是否来这个世界，正如它决定不了它的身上为什么会有不同于其他同类的花纹一样。它能决定的只有它一岁以后的命运。

第二章　回归故里　/017

　　命运和我开了个玩笑，我突然间由"城市人"变为"农村人"。回乡第一晚，山上的黄鼠狼就把乡亲们送的鸡给叼走了！狡猾的黄鼠狼第二天晚上还敢光顾，并乐此不疲。父亲说，要从根本上解决"黄鼠狼患"，得养一只狗。

第三章　出生入死 /029

阿花想不到自己刚刚出生即"入死"。它的命是我"捡"回来的,这件事并没有存留在阿花的记忆当中,那个时候它还幼小。因此它的一生都不知道自己曾经是个"弃犬"。它的基因已经决定了它往后的勇往直前,尽管它是不自觉地继承了这种基因。

第四章　茁壮成长 /045

旺丁叔的睿智和聪明好像是因为他没有学名,没读过多少书,其实不然。俗话说"一方水土养一方人",长垌乡、崖洞村的山、水以及特定的乡村文明,就连空气都在养育着像旺丁叔这样的农民。

第五章　四等小站 /061

坪塘火车站虽然只是一个四等小站,但它可以通达全国任何有铁路的地方,是农耕山村与现代文明的联结点。

第六章　又见坪塘 /071

文明的冲突由列车不正常运营开始。坪塘火车站成了我的向往,尽管它多次给了我失望,但也给了我希望。母亲说,抓住了蒲公英,就抓住了命运,蒲公英从哪里飘落就从哪里捡起。

第七章　忠诚护主 /085

阿花已经当了好几次"落水狗"。前一次救了二狗，这次救了母亲和我；前次在河里，这次在江里。阿花第一次尝到了坐火车的滋味，但中途被赶下了火车。

第八章　阿花归来 /101

等待是一种煎熬，特别是一半希望一半失望的等待。二十六天的回家之路使阿花变了模样，其间发生了什么我们不得而知，却发现它开始了重启模式。

第九章　"而立"之礼 /113

在阿花的"而立"之年，我送给它的"而立"之礼是探究当年二十六天归家的谜团。在思维上这是一个已知与未知的探索，阿花和我却殊途同归。母亲称之为"等待戈多"，我却矢志不移。

第十章　见证奇迹 /129

母亲说见证奇迹就是"等待戈多"，居然"戈多"也等到了，荒谬也变成了现实。阿花在创造奇迹，我在见证奇迹。

第十一章　田野大学 /153

阿花终于找到了自己的父亲，我也找到了一位神奇的老师。这位老师让阿花康复，让我进入学习模式。

第十二章　奔向城市 /175

　　江海大学是阿花的最终归宿，也是我人生的新起点。我很快适应了大学生活，阿花由于捣乱了杨教授的重点实验，被送往警犬训练营"军训"一年，才实现从"乡村文明"向"城市文明"的过渡。

尾声　弃犬复活记 /187

　　当年阿花从迷失60公里的地方找到回家路创造了奇迹，那是它的本能使然；几十年后阿花的"复活"，那是尖端科技的成果。艾雪老师的科技报告揭秘其所以然，"铲屎官"与"复活犬"的对话更道出了其真谛。

跋：写一部我不是"我"的小说 /209

引　子　与列车奔跑的狗

阿花一直不明白那红色的钢铁巨轮为什么要把它的亲人带往它不能到达的远方，因此它要拼尽全力与火车赛跑；江海大学生命科学学院2023级新生则遇上了让他们泪奔的新书《弃犬历险记》和诗歌《在蒲公英飘落的地方》。

桂东南六万大山余脉山沟里的一座四等小站，一列绿皮火车缓缓地靠在这里，黑色巨轮般的火车头正喘着粗气，蒸汽机在释放白色的水蒸气。火车头里的蒸汽机锅炉前，两个铲煤工正轮番用铁铲向火炉里抛煤，红红的炉火映照着铲煤工古铜色的脸庞。随着站台上的一声长哨响起，火车司机抬手拉响了汽笛，随着"呜"的一声，火车头红色的巨轮被长臂曲轴猛然拉动哐当哐当转了几圈，拉动的力量与响声又哐当哐当地依次传递给后面十几节绿色的车厢。火车头开始哧哧地喘着粗气前行。这时候，一只花斑大狗迎着云雾般的水蒸气，沿着铁路边毫不示弱地追赶着列车。它凌空跨越在加速旋转的红色巨轮和白色水蒸气之间，美丽的英姿宛若腾云驾雾。几分钟后，这列人类工业革命的结晶——蒸汽机火车狠狠地把大花狗抛在后面。

大花狗跑到铁道上，跳跃奔跑在铁道中央石灰石与枕木之间。奔跑了几公里后，大花狗最终精疲力竭地趴在铁路上，张开大嘴，伸出血红的舌头喘着粗气，望着远行的列车，双眼流出了热泪，因为列车上有它远去的亲人。

"大花狗已经将与列车赛跑作为自己的生理本能和生命续航的一部分。列车为什么要载着它的主人远去，这一点它永远无法理解，盼望主人归来却成了它永远的念想，甚至在做梦的时候也会发出呜呜的声音，醒来之后恍若隔世。它为此矢志不移。

"大花狗名叫阿花，是我们生命科学院周学海教授童年时候收养的一只差点就被遗弃甚而丧命的杂交犬。它不知道自己从何而来，却能选择去往何方。在一岁之前，它无法掌握自己的命运，命悬一线。一岁之后，它勇敢地向命运挑战，牢牢地掌握自己的命运，守护家园，英勇护主，创造出传奇的一生，死后成为江海大学生命科学院著名的生物标本。在桂东南偏僻山沟一个四等小站有一座雕像，延续着它的精神生命，为世人传颂与追忆。"

江海省江海大学生命科学院"2023级新生入学见面会暨《弃犬历险记》新书发布会"正在进行，这段视频伴随着艾雪老师的两段配音，让这批新世纪初出生的中国学子双眼都饱含热泪，为视频中的场景动容。他们这些享受着中国改革开放成果的幸运一代，不少家庭都养有各种各样的宠物犬，当过"汪星人"的"铲屎官"。他们想象不到当年的"汪星人"居然与自己未曾见过的蒸汽火车赛跑，更无法理解"汪星人"的主人为什么会把爱犬抛下而远去他乡。这一切的追问，让他们更想了解视频中那个被称为"弃犬"的阿花的命运。

参加见面会与新书发布会的有生命科学院三位老师：著名生物学家、江海大学生命科学院荣誉院长、博士生导师杨俊斌教授，见面与发布会主持人艾雪老师和视频配音中提到那位叫"周学海"的我。当然还有前面视频中的主角、已经成为动物标本的"阿花"。我们三位老师和阿花见证了自1977年恢复高考以来江海大学生命科学院每一届"新生见面会"，就算2020—2022年三年新冠疫情期间也不例外，只不过那三年，大家都戴着口罩，核酸检测阴性才可以参加见面会。在这次见面会上，杨俊斌教授将连续45届"新生见面会"会说的"阿花的命运故事，可以写一部十分励志的小说"这句话改为"今天送给2023级新生的见面礼，是一本关于阿花命运故事的新书——《弃犬历险记》"。我依然朗诵我当年在乡村学校创作的诗歌《在蒲公英飘落的地方》，讲述阿花的"乡村故事"：

海阔天空，

蒲公英，
你总是到处飘荡，
一会儿云端，
一会儿山冈，
一会儿深涧，
不知道哪里是你的天堂。

看着你，
我的心，
也一片迷茫，
因为我的心，
就是你的花蕊，
忽高忽低，
忽远忽近，
不知道哪里有我追寻的曙光。

痛定思痛，
我不能再任性，
你也不能放荡，
我要抓住你，
抓住我的命运，
你不再是我的梦魇，
你变成了我的梦想，
你飘落在哪里，
那里就是我的诗和远方。

我读完这首诗，正期待着一阵热烈的掌声，想不到是一片沉默，正如莫文蔚唱的"身旁那么多人，可世界不声，不响"。难道是因为这首诗的年代距离他们太遥远，无法共鸣？还是诗中的句子刺痛了他们的哪根神经，让他们静默的双眼饱含了泪水？一位女生忍不住道出了真情："老师，这首诗的确刺痛了我的神经。我的父母在当地省城农贸市场开了个档口，专门卖家乡的农村特色产品供我读书。父母不在身边，我先是放任自己，后来在小蓝书上读到这首诗，才抓住了命运的蒲公英，从小升初、中考到高考，披荆斩棘，才进入全省几十万考生的前五千名，考上了双一流的江海大学生命科学院。"说着，还从随身包里拿出一个小布袋子，抓了一小把蒲公英吹散在空中，同学们又纷纷把飘散的蒲公英抓在自己的手中，放回小女生的小布袋里。

看到这情景，我也深深地被感动了！多年来，江海大学生命科学院录取的出档分数线一直居于江海大学热门专业的首位，除了杨俊斌教授所缔造的学术高地，难道还与"阿花的故事"和《在蒲公英飘落的地方》引起共鸣有密切关系？激动之余，我觉得过去未去、未来已来："同学们！铁打的校园流水的学子。今年又迎来了新一届的同学。散是满天星，聚是一团火。知识的魅力让你们聚在一起，相信你们会为祖国创造科技奇迹的。"

"乡村故事"带着很浓郁的乡土味，因为那里是杨俊斌教授的出生地和我的成长地，杨教授和我都觉得往事并不如烟，而是历久弥新。艾雪老师讲述阿花到了江海大学校园后的"城市故事"，虽然只有短短的十年，但它足以令杨教授、我以及我们的学生们深谙它存在的价值。

坐着高铁前来校园报到的学子们无法想象，"汪星人"与蒸汽火车赛跑狂奔的画面，而眼前已经成为标本的阿花，当年为什么生活在那偏僻的山沟？为什么要追赶今天他们在博物馆才能看到的蒸汽火车？在他们的视野里，自己的国家已经进入了"高铁时代"，成为世界上拥有最长高速铁路里程的国家；中国在马来西亚建设的"雅万高铁"也已经正式运营。阿花生活的年代，似乎已经很久远。一位小女生听完阿花的"乡村故事"和"城市故事"，感动得热泪盈眶，她抱着已经成为标本的阿花，问了很多"为什么"，问得最多的是："阿花，你为什么不回答我？"阿花只是静默不语。艾雪老师对她说："更精彩的故事都在《弃犬历险记》这本书里。相信终有一天，阿花会告诉你更多的故事。"听了艾雪老师最后带着悬念的话，大家都愣了一下。而心中一系列的追问，令学子们刚刚拿到带着墨香的《弃犬历险记》，就迫不及待地翻开书本，如痴如醉地阅读起来。

第一章 初到人间

阿花决定不了自己是否来这个世界,正如它决定不了它的身上为什么会有不同于其他同类的花纹一样。它能决定的只有它一岁以后的命运。

阿花是桂东南一个叫涯垌村的山村里旺丁叔家里的看家母狗阿黑莫名其妙生出来的小狗。这个初到人世的小狗不知道自己为什么叫"阿花",更不明白为什么莫名其妙的花纹附着在自己的身上,而不附在其他同类的身上,让其受尽歧视甚至差点丢了性命。

阿花不知道自己的名字和身上的花纹来历毫不奇怪,因为一岁之前它无法把握自己的命运,就像人类无法选择自己的父母和确定自己的乳名一样。阿花的主人旺丁叔也无法改变他"旺丁"的乳名,甚至以乳名贯穿整个人生。

旺丁叔是我父亲的堂弟,到了他这一代,他父母只有他一个男丁,而且是老来得子,爷爷和父母寄望在他这一代开枝散叶,因此旺丁叔满月时其父母倾尽家财摆了十桌喜宴,给他起了个"旺丁"的名字。到了他结婚生子的年龄,父母又出最好的价钱,托请最好的媒人,娶了个人见人赞的媳妇。这是这一带乡村最有效的传宗接代的方式。媳妇过门时也摆了十桌宴席,请了全村乡亲一同贺喜。旺丁婶过门不到三年就为家族生了两个儿子,一个叫大狗,一个叫二狗,足以让爷辈和父辈在村乡里挺起腰杆。旺丁叔一家日子过得其乐融融,红红火火。这个源于中原河南,经江西福建一带颠簸迁徙,到桂东南六万大山余脉山沟里定居的客家家族有个特点:生孩子时先起个乳名,要么叫阿猫、阿狗,要么叫阿大、阿二、阿三的。等到六七岁上学时才认认真真地起个学名,上不起学可能就终生使用乳名了,就像旺丁叔一样。

旺丁叔养的看家母狗阿黑是一只纯黑色的正宗农家土狗,毛色光亮,没有一丁点杂色;它还是一只母仪四乡的良种,在产仔期间还用自己的乳汁喂养过别的狗崽子、猪崽子,深得旺丁叔一家的喜爱。旺丁婶贤惠,对家里的大黑母狗也视若家人,宁愿自己饿肚子也让它吃饱。一家子把阿黑养得毛色锃亮。阿黑也十分争气,为旺丁叔家产了好几胎狗仔,每胎不多不少刚好六个。由于狗子毛色纯正漂亮,刚出生就给乡亲们一订而光,正如邻村算命佳叔说的,真是旺丁又旺财。阿黑产后的样子也毫无逊色,气质、毛色、身段,产前产后一个样。

春节是农村孩子们最爱的日子，这个时候不用上山砍柴，农闲时节不用下地干活，除了有粽子、扣肉、鸡鹅肉吃，还能走亲戚收利市、放鞭炮，就连干旱而广阔的田野、村边的禾秆棚，都成了孩子们撒野、藏猫猫的地方。屋前的池塘也放干了水，成为孩子们玩陀螺和"打尺子"的地方。整个寒假，孩子们的裤兜里都有一个木陀螺和一根绳子。打陀螺要先猜拳决定谁先放陀螺被打。被打的一方将陀螺边往地上甩边用力抽绳子，让陀螺在地上高速旋转，另一方将缠着绳子的陀螺对准地上旋转的陀螺一甩，如果把地上的陀螺击倒不再立着旋转，对方就要继续放陀螺让你击，如果你击不中或者击不倒，就轮到你放陀螺在地上让对方击打。"打尺子"就是各自拿一长一短的"尺子"（木棍），先猜拳看谁先挑尺子。先挑一把短尺子横放在一个长条小土坑上，然后用长尺子把短尺子往前方挑去，其他参与者在前方远处接尺子，接到者可以过来挑尺子，刚才挑尺子的只好被换去接尺子。如果尺子没被接到，挑尺子的就可以进入第二轮"打尺子"，即将短尺斜放在小土坑，尺子露出土坑三分之一，挑尺子的人用长尺将短尺打弹到空中，如果一次就用长尺往前方打，接尺子的孩子又没接到，打尺人就用长尺从落点丈量到小土坑的尺码；如果能高超地将弹起的短尺子挑到空中，再将短尺往远处打去，又没被接住，就可以用短尺丈量尺码，这样尺码就会翻倍，最后各人以尺码多少决定名次。这些玩法在我曾经生活过的县城是没有的。

1967年春节刚过，阿黑的肚子突然一天天大了起来，旺丁叔大喜过望，一下子把乡亲们给的六个狗崽子的订金都收了。两个月后，阿黑真的一下子产了一窝共六只狗崽子。旺丁叔看见有一只身上居然铺满黑白相间的花纹，开始以为自己老眼昏花。仔细辨认后，发现其中五只母的是随母狗纯黑色的，另外一只公的，却浑身长满黑白花纹。这是旺丁叔从未见过的，也是这一片山乡祖祖辈辈养狗未曾发生过的事情。

阿黑生了个花狗的事很快传遍了整个山村。大家为此议论纷纷，说祖祖辈辈从未见过的事情，居然发生在当下，更发生在旺丁叔的家里。这事传到算命的佳叔那里便变了样，被他算出旺丁叔"家门不幸"。

这天旺丁叔婶俩在自留地浇完菜，又把摘好的一天两餐要吃的瓜菜拿到小河洗干净。一起洗菜的左邻右舍、姑姨嫂婶们，"十五个人吵架，七嘴八舌"，话题自然集中在旺丁叔家里那只小花狗身上。旺丁婶一大早美好的心情一下子就被弄得乱七八糟的，心想，这些乡亲怎么哪壶不开提哪壶，说点别的什么不好吗？有一位婶婶还说，是福不是祸，是祸躲不过，要不让算命的佳叔给算一下？听了这话旺丁叔婶俩心里更加不是滋味。想不到说曹操曹操就到，他们俩回到村前池塘土堤上，见到佳叔正好又在那里算命赚钱。往常从自留地回来，

　　这一胎那5个纯黑色的小母狗都给乡亲们领养了，大家却把小花狗视为不祥之物，无人问津。

从佳叔前面经过时，佳叔会喃喃自语地说"旺丁旺财"，旺丁叔婶听了心里舒坦，会顺手从菜篮子拿一把蔬菜瓜果给他。这次他们经过时，正想拿一把蔬菜给他，却听到佳叔说了句"家门不幸"那样不吉利的话，气得旺丁叔火冒三丈，抄起扁担要把佳叔揍一顿，旺丁婶也骂着要用粪水泼他。骂声响彻了整个山村。本来旺丁婶的声音不算大，但村子坐落在山窝里，山壁的回声厉害，所以村子里通常的吵架或骂架，甚至叫孩子回家吃饭，全村都会听得清清楚楚。口齿不干净的佳叔只好自认倒霉，自讨没趣，灰溜溜地走了。

旺丁叔不相信佳叔说的鬼话，痛骂佳叔狗嘴里吐不出象牙，自己在给自己算倒霉运，说不定哪天给疯狗咬，不得好死。旺丁叔骂得咬牙切齿，往后每次佳叔来村里算命赚钱的时候，都放出阿黑扑上去，把佳叔撕咬得不敢再来村里。

算命佳叔也是个聪明人，但经常把聪明用错地方，聪明反被聪明误。他在崖洞村的池塘堤坝上被打被狗咬被粪水泼了之后，回到家里不仅满身伤痕，还满身屎臭，被媳妇当着全村大大小小臭骂了一顿，简直就是"臭"上加"臭"。因"口德欠佳"造成的如此遭遇，算命佳叔的确心有不甘，因此在长垌街给人算命的时候，逢人就说"算出了旺丁叔的家门不幸，信不信由你们自己"。

旺丁叔虽然嘴里骂得痛快，但心里还是长了个疙瘩，而且以往家狗阿黑产的崽子是出名的抢手货，这一胎那五个纯黑色的小母狗都给乡亲们领养了，小花狗却被视为"不祥之物"，无人问津。那个交了订金的乡亲后悔自己来迟了，宁愿不要回订金，也不要小花狗，还多给了旺丁叔婶两块钱，安慰几句就走了。旺丁叔只好让阿黑继续喂养着小花狗。

大家虽然不要小花狗，但也非常关心，见面就问小花狗怎样了。旺丁叔只好给小花狗起个"阿花"的名字，叫起来还比较顺口。阿花也挺争气的，喝着五个小狗"让"给它的母乳，长得特别快。

尽管如此，旺丁叔依然为此闷闷不乐，加上有些人把算命佳叔在长峒街逢人就说的话传到他的耳朵里，更是心烦气躁，不时发点无名火。算命佳叔也吸取了教训，不敢再来崖洞村的池塘堤上算命赚钱了，否则肯定会遍体伤臭的。旺丁叔婶虽然对阿花的照顾一如既往，因为这是他们做人做事的本性，他们很明白阿花来到这个世界既没有罪也没有错，也决定不了自己的长相，但总是免不了用一种异样的目光看着阿花，心里五味杂陈；阿花那么小，还不懂阅读人们的心理与目光，不知道和它一起抢母乳的另外五个小伙伴怎么一下子不见了，剩下自己一个独享母亲的乳汁，更不知道自己已经被那曾经下了订金的未来"主人"遗弃了。

第二章　回归故里

命运和我开了个玩笑，我突然间由『城市人』变为『农村人』。回乡第一晚，山上的黄鼠狼就把乡亲们送的鸡给叼走了！狡猾的黄鼠狼第二天晚上还敢光顾，并乐此不疲。父亲说，要从根本上解决『黄鼠狼患』，得养一只狗。

阿花的出生地叫崖洞村，是一个地理风水十分优越的村子。村子正向是太阳升起的地方，背靠一座小山。村屋前是晒谷坪和一口池塘，池塘前面下方是一条弯曲的小河，客家人俗称的"前有照后有靠"的客家旺宅就是这个样子。村子的左右为小山延伸出来的两条山脊，左边山脊尽头是村口，村口不远处是乡村公路和学校，右边山脊尽头是一个崖洞，洞里有一股终年不息的冰凉的泉水。崖洞村的名字由此而来。

村子的房屋坐落在半山的山窝里，居高临下，视野开阔，风景极佳，将六万大山余脉山脚走廊的小平原上的田野和村落尽收眼底。远处平原尽头的山峰可能因为高寒，没长任何树木，夏天是一片黄色的枯草，冬天则是白茫茫的雾霜；近处平原上，稻熟的6月和10月，田野金灿灿一片，错落其间绿色瓦顶村子晨昏的袅袅炊烟，简直就是一幅优美的民俗风情摄影作品。

崖洞村居高临下，每年夏天还多看这样一番景象：几场暴风骤雨过后，山洪暴发，河水漫灌，田野会变成一片汪洋，树木和村庄就像长在一片泽国之中，而处于半山窝的崖洞村却岿然不动。崖洞村无论位置、朝向都极佳，所以"居高临下""视野开阔""冬暖夏凉"这些赞美之词频繁出现在乡村学校老师指导学生写的作文里。邻村靠算命为生的佳叔说村子风水好，小山就像一把有两个扶手的交椅，建在山窝里的房子就像坐在交椅上的贵人。佳叔因此经常坐在村口为人算命，来找他算命的人也不少。

崖洞村是我爷辈的故里，却不是父亲和我们兄弟姐妹几个的出生地。爷爷在1913年就到了邻近的广东经商谋生，开了个叫"万昌隆"的商号，经营药材和京果海味，生意还算兴旺。那时候我父母还没出生。父亲出生后，爷爷供他上镇里的小学、初中和县里的高中，最后上了省城的师范学院，毕业后教过县中心小学，后来当上县中学的校长。母亲在县师范毕业后，从小学教师做到校长。解放后的50年代，父母结婚后就陆续生下了我们兄弟姐妹。

解放后爷爷不再经商，把商铺转让后回老家种田。我出生那年爷爷就病逝了，所以我记忆中只有照片里的爷爷。祖母跟我们生活了几年，也回了家乡，落叶归根。

父母带我们回过几次老家崖洞村。回家的路途虽才一百多公里，却要转一趟火车。从县城回去的火车经过一个叫河岸站的地方就转向半岛海边去了，从家乡来县城的火车到河岸站也转向半岛海边去了。因此往返老家都要在河岸站换车。这个河岸站就在一个著名的水库大坝下面，车站门外就是当地一个镇的街道。每次转车停留间隙，父母都会带我们上大坝看看水库风景，然后在街上吃一顿白切鹅饭，再坐上开往家乡或县城的火车。火车到了家乡一个叫坪塘的小火车站，旺丁叔早就推着独轮车在那里迎接我们，再走三十多里路才回到老家崖洞村。

我是糊里糊涂地被母亲带回崖洞村生活的。那是1967年初，我才六岁，刚上小学一年级第一学期，不知何故父母突然间就把家从居住的县城搬回了老家。母亲由县城小学校长变成了崖洞村的村民，我则从母亲当校长的县第一小学学生，带着两张一百分的语文、算术期末试卷交给乡里小学校长后，变成了农村小学的学生。上课的语言由广东的白话变成了客家话。上语文课我拿出算术课本，上算术课我摆上语文课本，什么也听不懂。上学路上我还背着书包，让同学追看热闹。就这样过了一个学期，学习成绩一路下滑。

我长大了一点，想起有几件事隐隐约约与这次迁回老家有关系：第一件事情是迁回老家前一年的春节，父母带我和姐姐回崖洞村与祖母过年，带我们在村口路边茅屋吃驼背二哥做的香油卷粉，还每人加了一块香喷喷的五香扣肉。那几天我们跟村里的孩子们追逐玩闹在一块儿，非常开心。吃晚饭时，母亲问我和姐姐这里好不好玩，愿意不愿意在这里上学，我不假思索地说"愿意"！姐姐则不吭声，后来想都是嘴馋和贪玩惹的祸；第二件事是迁回老家前半年，有一天母亲凌晨1点还没回家，哥哥约几个同学去母亲单位，在办公室门缝里看见副校长带几个人在批斗母亲；第三件事是这次回老家过年，父亲和叔伯们开了两个晚上家庭会议，为的是分房子，印象中母亲和他们吵得很厉害，最后在父亲亲笔抄写的《分关》上，我们家分得两间住房、一间厨房，一间牛棚和一间猪圈，父亲和叔伯们都在《分关》上按上了指模。我想这次分房是父母为迁回老家居住做准备的。

搬迁回老家是1967年农历新年前夕。家具通过火车零担托运，父母则带着我坐绿皮火车回去。旺丁叔和几位叔伯兄弟早已推着独轮车在坪塘车站等候，大黑狗阿黑也一起来迎接。

从火车站到老家这三十多里路并不好走，先要经过车站边九川江上的独板桥。父亲说这条江因为江上有九条小河汇集而得名，江的下游尽头就是我们换车的河岸水库；江水截流后经过一条大运河流往半岛，灌溉那里常年干旱的土地，然后汇入大海。独板桥很难走，遇上迎面来人须背靠背而过，旺丁叔推着独轮车,则要让人躲在横出的木桥墩上让路才能过去。如果载货太重、手臂力量不够或货物不平衡,很容易侧翻到江里。过了独板桥,走两三里地就到了圩镇,这是公社所在地。

当天刚好是圩日,镇上丁字形的街道成了一个农副产品的大集市,人头涌动,寸步难行,更何况推着独轮车。聪明的旺丁叔带着兄弟们绕着圩边的道路走避开闹市,走上了弯弯曲曲的乡村公路。我坐在旺丁叔的独轮车上,其他兄弟推着家具,伴着车子轮轴吱呀吱呀的呻吟声前行。

过了圩镇,还得走三十里路才能到老家。路上有很多运送农资的各种车辆,汽车呼呼地加大油门颠簸前行,拖拉机则哒哒哒地爬行,汽车、拖拉机的拖卡哐当哐当地摇晃着行进,一路尘土飞扬。车上载的是化肥、氨水、石灰石之类的农资,还有一些农业机械,如插秧机、脱粒机、犁耙等。记得回家过年时,在村前鱼塘堤上看到远处村庄的墙上写着一行大字:"农业的根本出路在于机械化。"可能这些农机下乡的动力就源于此。

这三十多里的回家路,还要经过一个叫"老圩"的地方。这个只有几间铺子的老圩坐落在一个小山坳上,像条脖子,名字的语音又和客家话的"老鼠"相近,所以乡亲们都叫它"老鼠颈"。大家在一间老圩卷粉店前停了下来,一人吃了一碟加了一块扣肉的卷粉,阿黑也吃了一碗粥,然后又继续上路。坐在独轮车上,我觉得这卷粉及扣肉,和老家驼背二哥做的一样好吃。

回到老家崖洞村,已经是傍晚时分。田间的冬种烤烟、小麦被裹上了一层暮色,村庄屋顶上的袅袅炊烟已经和暮色混在一起,分不清彼此。旺丁婶和乡亲们已在村口等候多时。

乡亲们有的拿着几只鸡,有的拿着两只鸭子,有的拿着一袋子米或米糠,有的拿着几把青菜,还有的拿着几斤红薯或芋头。我觉得这样的欢迎仪式有点奇怪:到了家再给我们不就行了吗,为什么要老远地拿出来迎接呢?旺丁婶拉着我的手边走边说:"路上累了吧?到家了就好。"我想,很快就到山窝里那个热闹好玩的村子了。谁知道乡亲们把我们带到村口一个小平坡上的一座三间泥砖房前,叔伯们开始卸家具行李往屋里搬。这房子去年我们回老家和祖母过年时还没有。旺丁叔对父亲说,这块地是他寄回一百多斤全国粮票和一百二十元现金换的,房子是今冬兄弟们赶工建起来的,地面和墙面还不太干,但可以住了。听着这话,我闻到一股很浓郁的泥土味。在朦胧的夜色和昏暗的煤油灯光下,我看到这是一座一厅两房的屋子,一进门是厅,右边是卧室,左边是厨房、柴房兼鸡窝。客厅大门的右边墙角下,还有一个一尺见方的狗洞。乡亲们把东西放好后,和我们打着手电回村里旺丁叔家吃饭。村子广播声、孩子们的追逐声、鸡鸭找窝声、家人叫孩子吃饭声连成一片，在山窝里回响着。

晚饭后，父母和我打着手电，走了一段伸手不见五指的山路才到新屋。这时我才发现从村里老屋到新屋有五六百米远，路上还拐了个弯，在新屋看不到村子，新屋离公路和学校有三四百米；屋子背后就是山，黑咕隆咚的，属于前不着村后不着店。我问母亲为什么不住在村里，母亲说村里老屋分的房子不够住。两间住房一间祖母在住，剩下一间住不下。这新屋子边上还可以扩建，这样哥哥姐姐假期回来才有地方住。听了母亲的话我不再说什么，但我在心里也明白，母亲一下子适应不了农村生活，想分开住。

旺丁叔和父亲毕竟是兄弟，父亲在兄弟中排行第九，旺丁叔排行第十，兄弟们在村里把父亲叫阿九，把旺丁叔叫阿十，我和哥哥姐姐有时叫旺丁叔为十叔。他已经把屋子安排得很妥当：米缸里装满了米，水缸里盛满了水，厨房堆放了柴火，搭好鸡棚子，乡亲们给的鸡鸭就放在里面。睡房的架子床连蚊帐都挂好了。洗完澡后，父亲把大门的木闩拴上，叫我上床睡觉。父亲把手电筒放在床头，以备不时之需，然后吹熄煤油灯，也睡下了。我累得迷迷糊糊就睡着了。

乡村的夜晚，万籁俱静。夜深了，只有一些小昆虫在吱吱地鸣叫，还有远处村子偶尔汪汪的狗叫声。

这也是一个很不平静的夜晚。睡着不久，我正在做一个被人追杀的梦,突然睡在床边的父亲说:"有情况!"叫声把我从梦中惊醒。父亲操起手电赶到厨房,我也跟了过去,发现鸡窝旁一地鸡毛。父亲说听到鸡"咯"地叫了一声和扑打翅膀的声音,我也听到噗噗远去的声音。父亲用电筒照着,脱落的鸡毛沿着厨房、客厅从客厅下方的狗洞一路散落。我们赶紧拉开门闩打开大门追出去,发现脱落的鸡毛一路撒着往屋子背后的山上去了。

"是黄鼠狼干的!"父亲说,"这黄鼠狼先知先觉的,居然那么早就给鸡拜年,备年货了。"

回到屋里,父亲用一张小木方凳子堵住狗洞,再上床睡觉。回老家的第一个夜晚就是这样度过的。

第二天旺丁叔婶带了些咸萝卜干和酸菜来看我们,问我们还缺什么东西。父亲把昨天晚上黄鼠狼偷鸡的事告诉他们。我问旺丁叔家里的鸡有没有被黄鼠狼偷过,旺丁叔说没有。我问为什么没有,旺丁叔说:"我家有阿黑啊!"旺丁叔说的阿黑是到火车站迎接我们那个看家母狗。

第二天晚上吃饭的时候,父亲看着堵在狗洞上那个木凳子说:"今晚可以睡个安稳觉了。"

我说:"爸爸,你这是治标不治本。"

父亲有点不服气:"儿子你厉害,今晚治本给我看看。"

其实白天的时候,我已经想到了一个办法。我见到厨房

厨房的地上有一个老鼠夹子,我想这就是今晚送给黄鼠狼的食物礼,让它吃不了兜着走。

的地上有一个老鼠夹子,我想这就是今晚送给黄鼠狼的"见面礼",让它吃不了兜着走。熄灯睡觉前,我把老鼠夹子放在狗洞里,小心翼翼地扳起弹簧铁夹子轻轻地卡着,静候狡猾的黄鼠狼到来。果不其然,凌晨3点多钟的时候,突然听到狗洞的老鼠夹子"咔嚓"一声,父亲和我操起手电冲了出去,在离屋子五十多米的山上,发现了被黄鼠狼抖落的老鼠夹子。夹子上还留下黄鼠狼脚上的一撮毛。

回到屋里,我对父亲说:"这受伤的黄鼠狼再也不敢来偷鸡了。这是它贪婪的本性得到的报应。"

父亲还是不服气:"你这只治了小本,治不了根本。这个黄鼠狼不来,不等于别的黄鼠狼不来。"

我挠着头想了好久,还是没有答案,便问父亲:"怎治根本?"

"要养一只像阿黑那样的看家狗。"父亲说。

第二章　出生入死

阿花想不到自己刚刚出生即『入死』。它的命是我『捡』回来的,那个时候它还幼小。因此它的一生都不知道自己曾经是个『弃犬』。它的基因已经决定了它往后的勇往直前,尽管它是不自觉地继承了这种基因。

春节刚过,父亲就回他工作的县城去了。那里还有学校的工作和哥哥姐姐等待着他。这是我第一次没有和哥哥姐姐在一起过年。还是旺丁叔和阿黑送父亲去坪塘火车站坐火车。去父亲工作的县城每天只有两趟火车,下午3点和凌晨3点各一趟。那个县城已经不属于母亲和我,而变成了我梦中的向往。

回来的时候,母亲交给大队党支部书记杨俊才一份密封的材料,就变成了家乡的村民了。崖洞村共有三种大院落,自右向左分别叫上屋、中屋和下屋,"上中下"的叫法与屋所处的地势高低有关,上屋是正方形的围屋,中、下屋则是三进的围屋。房子周围的山坡上种满了杨桃、杨梅、菠萝、橄榄等果树,再上一点就是各家的杉树和竹子,半山以上就是各家的祖坟。

我们的老屋属于下屋,最里面的叫头厅,左右有两张八仙桌，正面墙上供奉着历代祖先的画像，每年的春节、清明、端午、中元、重阳节，各家所宰的鸡鹅鸭等牺牲，先要拜祭祖先，才可斩件上桌吃饭。两个露天的天井，隔开了头二、三厅，三个厅也是各家吃饭的地方，各家吃饭喝粥，吃什么菜，相互间一目了然。厅的左右两边，是一字排开各家的厨房，再往边上就是各家的柴屋、牛棚和猪圈了。猪圈是连着粪坑的，粪坑多数是架着两块出土的棺材板，让人蹲在上面"方便"。

三大院落各住着八至十户人家，同一个院落住的基本上是同一曾祖父的亲人，也就至少是堂叔伯兄弟。整个村子八十多口人，在几十辈以前都同属一个远祖。

村子前面十几平方公里小平原的左边是六万大山的余脉，挡住了从小平原通往县城的捷径。如果要抄近道去九川县城，只能徒步穿过两座大山之间夹缝的崎岖山路，这样可以少走十多里路；如果骑单车，就只能先往西边到那个叫"老圩"的地方，才折向北方去县城。我看见北边的高山每个山顶都有一座建筑，觉得奇怪。祖母告诉我，那是解放前躲强盗的屋子，俗称"走贼佬"，那时候乡下很多盗贼。祖母还给我讲了老虎的故事：解放前旺丁叔的爷爷有一次到离家三四里远的田里犁地，犁完地时天已黑了，突然陪他来犁地的大黄狗汪汪地叫了起来。原来一只老虎来到田边，吓得他把斗笠顶在老虎的嘴上，自己解开头上的斗笠拼命逃回家。还有一个大热天的黄昏，旺丁叔的爷爷把桌子搬到门口晒谷坪上吃饭，突然狗汪汪叫起来。他扭头一看，一只老虎正对着吃干草的水牛虎视眈眈，后来大家点了很多火把才把老虎吓跑。

狗真是一个家庭的守护神。父亲"要养一只像阿黑那样的看家狗"的话和祖母讲的故事，一直催促着我要养一只看家的狗。可是这只狗从哪儿来呢？

守护家园的狗一直没找到。春节刚过不久，学校就开学了。父亲工作的县城里电影院对面那所第一小学已经没有我的课桌，崖洞村口乡村公路旁的乡村学校却多了我的一个桌位，成了我新学期读书的地方。学校离我们母子住的房子只有三四百米，在家里就可以听到预备上课的钟声。钟声响起，同学们从小路上、田野里四面八方奔向学校，我则走出家门上学去。这是乡村里的一间综合性学校，建在公路边的一个小山上，山下公路边一字排开的是一至四年级的小学课室，小山顶则是五六年级的高小和初一至初三的班级。后来根据"学制要缩短，教育要革命"的方针，取消了六年级和初三。农村孩子在这里基本上可以完成从小学至初中毕业的义务教育。在这里我经受了转学后一个学期学习上严重的语言障碍，粤语和客家话是两种语音差别很大的方言。

学校的山坡边上是一条河流，叫长垌河。这条河流要比崖洞村前那条小河大多了,村前的小河只有十米左右宽,学校边上这条河流有五十米左右宽。村前的小河弯弯曲曲地汇入这条河流。这条河流的源头是在崖洞村看到远处太阳升起的山峰,集雨面积有几十平方公里,河流从长垌小平原中央穿过,再经过学校边上,最后在坪塘火车站那里汇入九川江。

乡村公路到了学校边上,需要跨过一条五十米长的水泥桥才可以继续通往远处深山。桥底下是石滩形成的河道,河水经过桥墩之间的河道,在下游冲出了一个绿色的水潭,水深大概有一两米。附近的村民在家庭大扫除的时候,习惯把家里的被褥蚊帐等大件物品拿到这里洗刷,孩子们则光着身子在水里玩耍。这里水质清冽干净,没有小溪里的那种吸血蚂蟥;夏天的课余时间,这里也成了同学们的戏水乐园。有一次我在桥底上游玩水的时候,被一个同学挤往下游,漂到了没过头顶的地方,肚里灌了几口水后,又被流经公路桥墩间的激流冲到了浅滩,万幸捡回了一条命。

公路桥下游不远的岸边,是一个水电站,其实它更多的功能是一个碾米房。水电站每天规规矩矩地发四五个小时电,早上6点至7点30分,供电给大队转播站转播公社、县广播站的节目,6点30分准时转播中央人民广播电台《新闻和报纸摘要》节目,7点30分结束广播,小孩上学,大人下地劳动;晚上6点至9点,水电站再供电给大队转播站,转播站自己播放点音乐、戏剧之类的开个头，然后转播公社、县广播站和中央人民广播电台新闻或其他节目。乡里每家每户门口墙角上方都有一个政府发放的有线喇叭广播，既增添了山乡热闹的文化气息，又保证党和政府的声音及时传达到乡村的每一个角落，即使处于僻远山沟里的村子也不例外。如果遇到上级重要文件要及时传达，水电站也会停下碾米的活儿，发电给乡村学校的扩音器和高音喇叭，乡亲们放下手中的农活，集中到学校听传达文件。

我跟母亲挑稻谷来过水电站。水电站的水是在离公路桥一里多远的上游的一个大坝截流后，修一条水渠引流过来的。水渠到了这里，落差已经达到了七八米。水渠水深达两三米，木板做的水闸靠人工抬起上方的横梁架起来，巨大的水流便从水闸下方冲向八米深的水轮机，水轮机通过轴心把动力传给地面的大木轮，再通过皮带带动三相发电机发电，或带动碾子碾米。母亲和我挑来的一百斤稻谷（母亲挑八十斤，我挑二十斤），半小时后碾出七十斤白米和二十多斤米糠。碾米工灰头土脸的，除了转动的眼睛，全身都被糠尘裹住了。常年在这样的环境里干活，听说主要靠喝猪血汤来排掉肺部的糠尘。他拿一把杆秤，从我们的箩筐里称出三斤白米，算是碾米的工钱。

开学上课没多久，又到了春耕农忙时节，学校又放十五天农忙假。母亲包揽了全村春耕的撒石灰和部分耙田的活，这些原来都是男人干的活，让一个刚从城里回来的三十多岁的女人来干，连旺丁婶也百思不得其解。果然有一天出事了。

一天母亲正在耙田，突然抬起脚尖叫起来，旺丁叔冲过去一看，一条手指般粗的大蜈蚣正在脚边爬行。"给蜈蚣咬了！"旺丁叔话没说完，母亲的脚就已经肿起来了。旺丁叔迅速背起母亲冲往学校旁的乡卫生所抢救。

晚上，母亲的脚虽然消肿了一些，却还是像萝卜一样，而且两只脚还布满了水泡。母亲用一根缝衣针在煤油灯火焰上消毒后将白嫩的皮肤上的一个个水泡挑破。

"这是石灰烧的。"母亲边挑边说。

"您为什么要干这些男人才干的活？"我边吹着白天摘回来的蒲公英边问母亲。

母亲说，干这活全村工分最高，干完了又可以早点收工，何乐而不为呢？

母亲又说："命运就像蒲公英，到处飘荡，你抓住了它就抓住了命运。"

我听不明白母亲的话，但我跳起来，把飘荡的蒲公英一朵朵抓住，放回属于自己的盒子里。

过了两个月，叔伯兄弟们又帮我们建了一间厨房兼柴房、一间猪圈和粪坑,还在屋角加种了几棵从别家移植过来的香蕉树,初步完成了一个农村家庭所需的标准配置。旺丁叔说这香蕉树是移植的,明年就可以挂果了。这个时候,旺丁叔家也有好事:看家狗阿黑怀孕了,肚子一天天大了起来。不过等我知道的时候,阿黑肚子里的六个狗崽子都被乡亲们订完了。两个月后,阿黑产了五个小黑狗和一个小花狗。

　　崖洞村各家各户都养有自己的看家狗,有黑色的,有白色的,也有黄色的,这样一个大院会有好几只狗,全村加起来就有十几只了,它们组成了一个村子的守护队,如有外人进村它们会先汪汪地警告,来者再不走就扑上去,除非被主人喝住。狗是有灵性的动物,有几个外村人来村里它们是不会汪汪地叫的。这几个人是理发匠、收鸡鹅鸭毛的、卖爆米花的、磨菜刀的、打棉胎的,唯独对牵着猪郎(大公猪)给母猪配种的不欢迎,因为来者给母猪配完种,收了钱,还要吃掉好几碗鸡蛋粥,这个可是一只家狗的好几顿粮食了,这些狗看着心里不舒服。

　　白天这些狗有时也会不顾家园成群结队到处跑,到田里抓田鼠青蛙,到树林里捕鸟,甚至到河里抓鱼。主人每天给它们喂两顿粥。不论这些狗在哪里撒野玩耍,只要主人在村前池塘土堤上对它们的名字,比如"阿黑——"地拉长声音一喊,它们就会从田野树林四面八方飞奔回家,不知道这叫不叫"条件反射"。据说狗的声音辨别能力是人类的几百倍，嗅觉细胞是人类的三百六十倍，难怪它们可以在夜晚电影散场路上密密麻麻的人群中，各自找到自己的主人并引路回家。

阿花的出生成了乡亲们闲聊的热门话题，议论得最多的是它从何而来、它的父亲是谁。

不过有一个场景一度唤起了我的记忆：春节后的一天，寒假还没结束，村里的孩子们在一块红薯地里用泥块砌了一个红薯窑，大家用捡来的柴火把泥窑烧到通红后，把红薯丢进去，然后把泥窑砸塌，让滚烫的泥土把红薯焐熟。红薯的香味把村里的狗都吸引过来了。半个小时后，大家一哄而上，从泥土中抢到属于自己的一个熟红薯。我拿到红薯转身吃的时候，看见一只身材魁梧的大花狗和阿黑的尾部紧紧连在一起。大家只顾着吃红薯而没有见到这一幕。

旺丁叔家的阿黑产下六只小狗后，用自己的乳汁把它们哺养得圆滚滚的，加上旺丁婶的悉心照料，狗子们长得很快。到了6月份，那五只黑色的狗崽子都给领走了。剩下没人认领的阿花继续让阿黑喂养着。阿花挺争气的，在阿黑的哺育下，长得特别精神。

有一次我对旺丁叔叔说："让我领养阿花吧！"

旺丁叔觉得这样违背了他做人的本分，不同意："不行。人家可是交了订金的。等等吧。"

就这样，我隔三岔五地去看阿花，我的心每天都在等着阿花。

有时候等待就是一种煎熬，因为你不知道等的结果是什么。不曾想，我等到的是旺丁叔家里出了大事。

这天，天气炎热得像个烤炉，学校的孩子们像往常一样在公路桥底下的河道戏水消暑，河道里变成了一片欢乐的海洋。旺丁叔的大儿子大狗也在其中。大狗光着身子和几个同学相互泼水，玩得正欢。开始时，大狗用手掌击水，赢了同学几次，最后因体力不支步步往后退，想不到退到桥下方的水潭边缘了，同学们赶快叫："停！停！停！"但已经来不及了，大狗落到绿色的深潭去了。这时同学们才着急起来，大声喊："救命啊！救命啊！"但是附近没有一个大人，等到有同学去学校把炊事员叫来救起大狗的时候，大狗已经生死不明了。炊事员抓住大狗的双脚倒提起来，倒出嘴里和肚里的水，又进行人工呼吸和心脏按压，但已经回天无力。旺丁叔婶从劳作的地里赶来看到这情景，全崩溃了！旺丁叔哭得捶胸顿足，旺丁婶哭得撕心裂肺，趴在石板上的大狗的身上昏了过去。

回到家里，旺丁叔看着正在吸阿黑的母乳的阿花，心里很不是滋味。下了订金的亲戚阿强安慰了一番旺丁叔婶后，给了两元钱慰问金，表示也不领养阿花了。

人到了绝望的时候会把心思想歪。

第二天中午,我和母亲正在家里吃饭,突然听到屋后的山上有女人的哭喊声,声音撕心裂肺。"是旺丁婶!"母亲果断地说,放下筷子就出门去了,我赶紧追上去。旺丁叔婶正在那里对着一个新挖的土坑哭泣,旁边是一把锄头和一个粪箕,粪箕里一张草席裹着一包衣物类的东西。再边上有一个竹笼子装着阿花,阿花拼命地扒着笼子要出来,家狗阿黑对着笼子汪汪地叫,哀求旺丁叔把阿花放出来。

旺丁叔把阿花连笼子放在土坑里,再把粪箕里的草席包放下去,说:"大狗,就让阿花陪你吧,路上不寂寞。"

我拉着旺丁叔:"阿花让我来养,原来说过的。"

旺丁叔说:"不行。它会给你带来厄运的。"

我这时也动情地哭了:"旺丁叔,让我领养吧!它会给我们带来好运的。以后我会经常带阿花来看大狗。大狗不会寂寞的。"

旁边的阿黑也对着阿花汪汪地叫,还发出呜呜的哀求声。

母亲对旺丁叔婶说:"留下吧。要不我们家的鸡又要被黄鼠狼偷了。"

旺丁叔这才从土坑里把笼子提上来交给我:"阿花不能回我家了。"

这时我看到阿黑和阿花都在摇尾巴。虽然一大一小,我相

家狗阿黑对着笼子汪汪地叫，要求旺丁叔把阿花放出来。

信它俩都懂得生命的意义。

旺丁叔婶把土坑填平后，堆了个坟头，又在坟顶上放了一块滴了鸡血的草纸，再压上一块土，最后点了一小串鞭炮。大家头也不回地下山了。

下山路上，大家都不说话，我提着阿花，母亲一只手压着我的一边脸，让我直望下山的前方，不得回头。

后来我才知道为什么不能回头：当地农村风俗认为，人死后变成了鬼，回头的话鬼会跟着回来的。

大狗意外死亡，旺丁叔痛苦得用斧头把阿花喝粥的石碗砸个粉碎，旺丁婶更是哭得撕心裂肺。石碗的粉碎和旺丁婶抢天呼地的哭喊也撕裂了我的心。

大狗与我同龄，既是我叔的孩子，又是我小学同班同学，对我很照顾。我刚回到农村，像掉进了一个异域，什么都看不懂、听不懂。上课时大狗帮我找出对应的课本，不至于拿错课本让同学笑话；课后他把老师讲过的课耐心地给我解释一遍，我似懂非懂地听他那放慢速度不断重复的客家话，期末考试才不至于丢人。他还教会了我很多客家话日常用语。回乡下上学之初，我不知道农村的孩子是把课本作业本放在课桌下的柜子里，不带回家，还像城里的孩子一样背着书包上学，结果被一群孩子一起念着"志坚早晨上学去，书包不见了"（这是小学一年级的课文）追着取笑，有一个小孩还把我的书包抢去，拿走了我那磁吸的文具盒又把书包丢进路边的水沟里。是大狗把我的文具盒抢回来，从水沟里把书包捞出来给回我，然后把那小子揍了一顿。后来没有哪个小孩再敢欺负我。大狗还带我到村里老屋后面，爬到树上摘他家的杨桃、杨梅、龙眼给我吃。有一次，他拿了一个菠萝蜜到班里悄悄塞到我的书桌柜子里，说邀上三四个要好的同学下午活动课时偷偷到我家里吃。结果菠萝蜜的香味引来了十几个同学。这下犯难了：这个菠萝蜜太小了，只够三四个人吃。我急中生智，叫大狗拿一块烂铁锹用铁线吊着，偷偷用一根铁棍跑到屋后按学校上课钟声敲响。这一招真灵，有几个同学怕迟到跑回学校了。但另外几个发现了我的诡计，一直守在我家。我只好又心生一计：从厨房的柴堆里拿出一块砖头，骂骂咧咧地使劲往屋边的竹林子扔去，说："难怪这菠萝蜜那么香，原来全烂了。不要了！"然后和大家一起回学校，放学后才和几个要好的同学到我家一起分享。

吃完菠萝蜜，我觉得很不过瘾，便问大狗怎么拿个那么小的菠萝蜜，差点得罪了一班的同学。大狗说这只菠萝蜜是他"偷"出来的，家里人都不知道。原来大狗住的房间旁边有一棵大菠萝蜜树，夏天的时候，窗外的菠萝蜜树挂满了十多个二十斤重的大菠萝蜜。为了不让毛贼把菠萝蜜偷了，旺丁叔将大树拦腰围上荆棘，大狗和村里的孩子只能望着菠萝蜜咽口水。这些菠萝蜜熟了以后,还要拿到长垌街上卖掉,换钱来交大狗、二狗的课本作业本费用。有一天下大暴雨,大狗把窗户关上后,房间里还是香气扑鼻,大狗往床底一看,床底凸起了一个大树根,还长出了一只菠萝蜜!大狗一直守着这个秘密,直到果实成熟了偷偷拿到学校和几个伙伴分享。我问大狗,怎么这个菠萝蜜那么小?大狗说,这是上天赐给你的,有的吃就不错了。它长在床底下,没有阳光雨露,能长成这样已经是它自己顽强生命力的体现了。听了大狗的这番话,我觉得大狗传承了他父亲旺丁叔的聪明,将来一定有出息。

我无法想象大狗以后会成为一个什么样的人,因为我甚至不知道自己以后怎么样。旺丁叔自己没有文化,却对大狗寄予厚望,正儿八经地给大狗起了个学名,叫"周文才"。周是我们周家村的共姓,而"文才"则是旺丁叔寄予大狗的厚望,愿其将来成为家族和村里为之骄傲的文人才子。大狗也挺争气的,一年级期末考试居然全年级第一名。

想不到大狗走得如此突然,旺丁叔婶对他的期望也化为泡影。短暂的认识与相处,已经让我认为大狗是我的死党,所以每年迎春花开的时候,我都践行当时对旺丁叔婶的承诺,带着阿花到大狗的坟前献上很多迎春花——坟地的周围已经簇拥着十分灿烂的野生迎春花。

这一带的乡村有这样的习俗,人死了分两种:夭折和老死。夭折的就草草葬了；老死要厚葬，年龄越大越隆重。比如祖母年龄近八十了，几年前就用上好的杉木打好了棺材，放在旺丁叔的厨房灶台顶上，让烟火熏着不会被虫蛀，这样老人家反而会越来越健康，并福荫子孙。

大狗死后，算命佳叔没落井下石，没往伤口撒盐，没说风凉话，这也是他的聪明之处。算命佳叔能"令人信服"地让四乡人前来算命，有时候还请他看点宅地村屋的风水命格之类的东西，大多时候还是因他看人会察言观色，说话会循循诱导，让你心服口服；有时候也会说一些大胆的"过头话"，语出惊人，让自己"声名远扬"。大狗的死，并不是他能意料到的，而是一种巧合，不幸言中。所以他不仅不在这件事情上大肆宣传、火上加油，反而说旺丁叔家大难必有后福，而他算命"算得准"的消息却不胫而走，找他算命的人门庭若市，赚得盆满钵满。这算命佳叔赚了钱，有一个不好的嗜好就是爱吃狗肉煲喝小酒，而且上了瘾。后来兽医站要给他家的狗打疫苗，他正信心爆棚，坚决不让。他逢人就说他不信邪，打了疫苗的狗肉是不好吃的。

算命佳叔的话传到旺丁叔婶耳朵里，他们俩心结还在，心里一直咒骂算命佳叔不得好死，不知道哪天被疯狗咬死。

第四章 茁壮成长

旺丁叔的睿智和聪明好像是因为他没有学名,没读过多少书,其实不然。俗话说『一方水土养一方人』,长垌乡、崖洞村的山、水以及特定的乡村文明,就连空气都在养育着像旺丁叔这样的农民。

我把阿花从命悬一线的危机中解救出来，但它已经不能回到旺丁叔家中去了，甚至可能再也没有机会喝上母乳了，这是命运的安排，也是它自己所无能为力的。我每天熬米粥给它喝。它拒绝喝，饿了两三天之后，身子一下子瘦了一斤多。面对这状况，我束手无策。

第四天早上，我们照常熬米粥给它喝，它仍然拒绝，急得我臭骂了它一顿。我想，幸亏它在旺丁叔家多吸了半个月的母乳，身体素质和免疫力比其他兄弟姐妹强了许多，要不身体肯定扛不住了。难道阿花就命该如此吗？正当我胡思乱想的时候，听到掩着的大门有个东西用爪子在扒。我想那个狡猾的黄鼠狼斗胆白天也来偷鸡？我操起一条打狗棍把门打开，迅速扬起棍棒。棍子未下落，自己却惊呆了：原来是阿黑！

阿黑对我们家并不陌生，跟旺丁叔婶来过好几次，那几次都是从大门进来的，因为我和母亲都在家；加上阿黑也懂得，这里不是它的家，只有经过我们的同意才能进来，不能像那狡猾的黄鼠狼，半夜从狗洞入室干那些偷鸡摸狗的事情，这也是旺丁叔的"家风"使然。阿黑对我也很熟悉，它到坪塘火车站迎接我们回来；我这段时间又常常去看阿花，还给阿黑带点好吃的。阿黑进屋冲到阿花身边，舔完阿花后，一倒地就躺下了。阿花又吸上了母乳。以后的半个月，阿黑每天准时到来哺乳阿花。我让阿黑从狗洞进出过几次，阿黑明白了我的用意，我们不在家的时候，阿黑就从狗洞进出，如同自己家一样进出自如。

阿花长得比一般的农家狗要快，两个多月就五六斤了。它已经开始学翻滚、奔跑和跳跃，我把石子掷进屋子旁的竹林里，它居然冲进去抓了一只田鼠出来，干了"狗抓老鼠，多管闲事"的活儿。阿花这种灵性不断地触发我的灵感：阿花的父亲就是我印象中一闪而过的大黄狗吗？

阿花长得快，时间也过得快，7月中旬，父亲带着哥哥姐姐回来过暑假。客厅左边原来那间厨房兼鸡舍清理干净后，已经改为卧室。加上村里老屋还有一间卧室，一家子基本上够住了。

父亲给我带回的礼物是金敬迈的《欧阳海之歌》、高尔基的《童年》《在人间》《我的大学》、多卷本《十万个为什么》，还有庞中华的《智取威虎山》唱段的硬笔书法字帖。母亲动员大家全都参加村里的夏收夏种，即早稻收割和晚稻插秧，劳动工分记在母亲和我的名下。母亲和我成了全村工分最高的社员，阿花也跟着我们到田间地头去玩耍。

夏种结束了，山上的稔子也熟了。一天，我和哥哥姐姐从山上摘山稔子回来，阿花竟然汪汪地对我大叫，还要咬我。我大声喊道："阿花，你要干什么？"它听出我的声音，才又马上扑在我身上狂摇尾巴道歉。原来我在山上摘山稔子的时候，被黄蜂蜇了，脸肿得像猪头一样，眼睛也眯成了一条线，怪不得阿花把我当作陌生人了。

我在家里待了一天后，脸也消肿了，第三天我们再上山摘山稔子。这次阿花一定要跟我们去。

这是一年夏天当中最热的几天，山稔子也熟得特别快。冒着烈日，我们先摘又肥又大的山稔子把自己的肚子填饱，再把带来的篮子装满。阿花总是走在前面，见到长满茅草的废弃的棺材坑，它汪汪地提醒我们不要掉下去；遇到前面有马蜂窝，又汪汪地阻止我们向前。在一个山脊上，我见到前面有几棵挂满肥黑果子的山稔树，正要冲进去摘，心想这下子我的篮子就满了。阿花却拦住我，转身对着前面汪汪地叫。我定睛一看，好几条草花蛇正在那里打架，好险啊！

当我们准备满载而归的时候，阿花无意中坏了别人的好事。

我们各挎着满满一篮的山稔子坐在山坳上歇脚，突然旁边的半山窝里传来"咕咕"的叫声，一会儿附近又响起另一阵"咕咕"的叫声，好像唱和似的。我说这声音好像动物园里布谷鸟的叫声一样。突然山窝里升起一个八角形的大网，说时迟，那时快，阿花朝着布谷鸟叫的山窝奔跑过去，离大网十几米处的两只麻色的鸟一跃而飞走了。又有一只大黄狗从网里向布谷鸟飞起的地方飞扑过去。我们走近一看，原来是阿花把布谷鸟赶跑了，还在那里汪汪地叫，那里有一窝雏鸟。这时我们才发现大网是由一个人扛着的，扛着网的人对阿花说："你坏了我的事，把到手的鹧鸪吓飞了！"这人是专门上山捕鹧鸪的。他扛着大网在山上走，先学布谷鸟叫，引起布谷鸟回应，然后慢慢扛着网过去，准备蹲下把网罩在地下，等大黄狗把布谷鸟赶飞起来，撞在网上，束手就擒。

坏了捕鸟人的好事，我们忙道歉。捕鸟人说："没事，听回应这山里还有好几窝鹧鸪。好戏还在后头。"又转身看着阿花说，"一条好狗！卖不卖？"我们忙说："不卖不卖！"

时间快得像长垌河的流水，转眼暑假就要结束了。父亲和哥哥姐姐又要回到广东那个县城或工作或上学了。回去前，哥哥姐姐要来个全屋大清洁，其中重要一环是把所有的床铺、蚊帐等大件用品清洗一遍。

母亲带着大家用锑桶把要洗的被子蚊帐挑到学校边上公路桥下面的河边,在大石板上一件件地搓洗,还用木棒捶打,然后放入河水里漂洗干净,我和阿花在水里玩耍。阿花突然对着水边的树丛汪汪地叫。我翻开树丛一看,原来里面有一个足球,可能是足球队哪位大力士从山顶足球场飞脚用力过度踢到山下,落在树丛里找不到了。这个足球变成了我和阿花的水球和救生圈。我把球抛到深水潭中心,阿花用狗爬式的泳姿游到中间又把球推到岸边。阿花还让我一手抱着球一手扶着它的背部,在深水潭里游了几个圈。爱玩球可能是狗的天性,但我百思不得其解:阿花那狗爬式的游泳技能难道也是天生的吗?

父亲和哥哥姐姐回属于他们的县城去了,回去之前,父母准备带我们去驼背二哥那里吃一次卷粉和五香扣肉,可惜驼背二哥的卷粉作为"投机倒把"给工商所没收了几次,最后连茅屋也给拆掉了。母亲叮嘱父亲去火车站的路上,一定要在老圩卷粉店吃上香油卷粉和五香扣肉,记住家乡的味道,以后一放假就回来。没有吃上卷粉和扣肉,加上父亲和哥哥姐姐又回不属于母亲和我的县城去了,为此我郁闷了好几天,带着阿花到公路桥望着大石板和深水潭触景生情,哭了好几次。

正当我还在郁闷的时候,旺丁叔家传来了好消息:旺丁婶和看家狗阿黑都怀孕了!这时候邻村那个佳叔又来村口算命了。每当旺丁叔婶俩经过的时候，他又喃喃自语："双喜临门！双喜临门！"旺丁叔婶又不时给他丢下一把蔬果。

媳妇怀孕了，旺丁叔在心里盘算摆满月酒的事：本村全村要八桌，外地回来的亲戚要两桌，加起来至少十桌。要养两头猪，几十只鸡（月嫂喝鸡汤也要十多只），鹅鸭各十只，还要在自留地种上黄豆，到时候做豆腐发豆芽用。青菜乡亲们凑一凑也就够了。还要提前蒸二十斤米酒，炸二十斤五香扣肉。旺丁叔盘算着，这些事要提前八个月准备，够忙一阵子的。

旺丁叔还盘算着一些额外现金开支，就是那些必须用钱去买的物品和封利是。这需要钱。

旺丁叔虽然没读什么书，但生活技能在乡村里是出了名的。他是四乡闻名的"猪中""牛中"，也就是猪市牛市的中介，凭一张三寸不烂之舌，让市场上的猪牛卖个好价钱，走进千家万户。他还会上山烧炭，到山里砍树干挖树根，然后挖一个圆形大坑，把树干树根放到坑里烧个透，再盖上泥土，半小时后就有了一箩筐上好的木炭。公社所在地的圩镇上有一个铁器社，那里一片打铁的叮当声，源源不断地产出犁耙锄锹之类的农具，需要大量的木炭。旺丁叔每次到圩镇做"猪中""牛中"，都用独轮车推上四筐木炭卖给铁器社，可赚四块八毛钱，然后到猪牛市做中介，也可以赚上两三块钱。旺丁叔以往到坪塘火车站接我们，都会先推四箩筐木炭卖给铁器社，每趟都不会"放空",一举两得。乡下人把这种生活智慧称为"精明",旺丁叔被村民称为"精明人"。

旺丁叔做"猪中""牛中"最多的地方是离家五六里远的长垌街。这街位于小平原的中心,如果天气好,坐在旺丁叔家门口的木墩上也能看到。这片十几平方公里的小平原呈东西走向,长条形,长约八公里,宽二至四公里不等,得看两侧山地的走向。几十平方公里的山地平原集雨汇入穿过平原中心的长垌河,一直流往下游汇入火车站边上的九川江,如果不是流量不够,中间又有一两座拦河大坝,在学校公路桥下面的石滩上可以坐船去坪塘火车站。

乡亲们通常把山岭之间的小平原称为田垌,这和《新华字典》上的解释是一样的。因此这长方形的山间小平原也被称为长垌,也就有了长垌乡、长垌街和长垌河。汉语有象形字,这片乡村的名字多为"象形村",即村子处于什么位置、处于什么地形,就起什么名,像什么坑、什么窝、什么岭、什么坡之类,这些地名并不是什么"乳名",后来也没有什么"字"或"学名",终身受用,在地图上也找得到。

长垌街是一条只有三百米长的小街。几十间铺子一字两边摆开,各自售卖农民所需的生活必需品,最大的两间是位于街头两侧的国营百货商店和农副产品收购站。百货商店卖有布匹、毛巾、肥皂、香皂、花露水、针线等生活用品,布料和肥皂还得凭票限量供应。农民将自产的黄麻、棉花、淮山、烤烟、三黄鸡、鸡鹅鸭毛等先在农副产品收购站卖了，然后在街上买点生活必需品。

街头的长垌河畔，还有一间卫生院，整齐划一的玻璃窗透射出一种不同于乡村农家土房子的气质。街道之前，有一个大型的公粮收购站，几个大型的粮仓和公路上忙碌的运粮车显示了它的吞吐量。周边的农民几乎把晒干的夏粮全送到这里交公粮，只留三个月左右的早稻粮食维持到10月份秋收。九元五角一百斤的公粮款则是村里的集体财产，用于未来一年采购化肥、农药、石灰等生产资料的支出。农历十月收割的晚稻，几乎全留给农民自己享用，因为还有八个月才到第二年的夏粮收割。这样一来，城里吃公粮的人整年都吃早稻，乡下人则可以吃到上新的早稻和晚稻。

在暑假将在要结束的8月底，我跟旺丁叔"趁"了一趟长垌街圩。长垌街的圩日是农历三六九，公社镇上的圩日是农历二五八，县城的圩日是农村历一四七，相互错开，反正十天就有三个圩日，所以旺丁叔有时候长垌街、公社镇和县城的圩日都去做"猪中""牛中"。长垌街路途近，可以每个圩日都去；公社镇虽远一点，但顺便用独轮车推四箩筐木炭去铁器社卖，一举两得，还是划算；去县城路途远，抄近道还得翻山越岭，只是为了"趁"县城的圩或者需要买些长垌街、公社镇买不到的东西才去。

长垌街的猪市牛市也在街头农副产品收购站边上的一块空地上，由于猪屎和牛粪比较臭，所以离街道远一点。加上圩日的街道都给摆地摊的农副产品占了，水泄不通，那些猪牛只能偏于一隅了。

我做梦也没有想到旺丁叔是在猪市牛市那么受欢迎的人。那些卖猪卖牛的远远见到旺丁叔，都"旺丁叔来了"那样叫着沸腾起来了。年龄小的叫他"旺丁叔"，年纪差不多的叫他"旺丁哥"，年纪大的叫他"阿旺"，也有叫"旺仔"的。有些初次见面还叫他"猪牙佬""牛牙佬"，也就是说这个人"牙尖嘴利"、口齿伶俐，能帮人把坏的说成好的，把死的说成活的。其实旺丁叔并不是这样，他凭良心说事，把好的说得更好，所以大家都想把他叫去推销他们的猪牛，有的买家看好猪牛后心里还不踏实，最后还要旺丁叔帮他们过过眼。我第一次发现旺丁叔的名字还有那么多的叫法，他又那么受尊重，这种充满生活智慧的活法，没有什么学名也罢！旺丁婶如果看到这情景，肯定心里乐开了花的。

旺丁叔这时忙开了，抓住小猪的嘴巴，将上下颌掰开说："一口好牙，肯定会吃好喝好，能长一身膘，将来卖个好价钱。"看看牛牯的一口牙，摸摸四条腿，拍拍牛腰身，说：

"肯吃草，腰板好，是头干活的好牛！"那些猪牛迅速成交，市场的猪牛一下子少了一半，旺丁叔的手上的钱五角一块地一下子抓了一大把。我看了一阵子旺丁叔做"猪中""牛中"，就提着母亲给我装着25个鸡蛋的篮子去街上摆地摊。母亲说，这篮子鸡蛋我拿到长垌街上卖了，钱归我买图书看。这三百来米长的山村小街平时空无一人，一到圩日便拥挤得水泄不通。今天运气很不错（母亲挑了些大个的鸡蛋给我，这鸡蛋人见人爱），我好不容易找到个位置，刚把鸡蛋摆在地上，就有一位穿着斯文的中年男子走过来问多少钱一个。我说八分钱。这男的看看旁边其他人的，又回来看看我的，一下子全要了。我拿着他给的两块钱，看着提着篮子远去的男子的身影，心想他可能是吃"国家粮"的，我们农村人辛辛苦苦交的"公粮"就是分配给他们这些人去享用的，当然其中也有我的父亲和哥哥姐姐们。我想他们应该是我命运的蒲公英，我的蒲公英有朝一日也会飘落到他们身上，让我和他们一样。

不过我转念一想，我的蒲公英还在家里那个曾经装糖果的小铁盒子里，那只是个梦想，遥远得很；现在肚子饿得发疼，眼前得赶紧去"医治"！我便挤过往来的人流，跑到街头的餐馆与旺丁叔会合。旺丁叔早已坐在一张四方桌前等我，他给我要了一碗三角钱的猪肉汤粉。我已经忘记这是旺丁叔第几次让我在这个餐馆享受这个心头之好了。他自己要了一碟炒花生和二两双蒸米酒,还要了个猪蹄子,便自得其乐地喝起来。人生有时候就只需一碗猪肉汤粉、一碟炒花生、一只猪蹄子,这简单的东西就可以成就你一天生活的巅峰时刻,那种满足感让你感觉这些日子的辛劳与不顺意不过是过眼云烟。

吃着吃着,我们听到旁边有个熟悉的声音,转头一看,原来是算命的佳叔和几个人在喝酒,他肯定是来圩上为人算命赚了些小钱,喝醉了在那里大吹大擂。那人问他,为什么那么多人请他算命,而又算得那么准?佳叔酒后吐真言:"算命一要观面相,看情绪;二要知对方的根底,最近遇到的事;三要猜到他想要什么、怕发生什么。人有三衰六旺,月有阴晴圆缺,一年当中,你总会有几件好事几件不好的事,只要你对号入座就叫算准了。算命的东西你信就准,你不信就不准。"被双蒸米酒灌醉了的算命先生佳叔,说得忘乎所以时,竟然把他算出旺丁叔的"旺丁旺财"和"家门不幸"作为"教学案例",说他哪里知道旺丁叔会旺丁旺财,只是凭自己的判断,旺丁婶会生育,旺丁叔精明生计,既会做"猪中""牛中",又会挖树头烧炭,日子肯定过得比别人好;而算出旺丁叔的"家门不幸",也是因为天有不测风云,不幸言中了,他哪里知道大狗会被溺死。旺丁叔在一旁越听越气愤,这个平时棺材里伸手——死要钱"的算命先生,简直是空棺材出葬——木(目)中无人,居然在大庭广众公然宣称自己糊弄人,他恨不得过去揍对方一顿。

我边享受猪肉汤粉边胡思乱想,忽然觉得桌子下有个东西在磨蹭大腿,一看原来是阿花!我跟旺丁叔来"趁"长垌街圩并没有让阿花跟着来,不知道它怎么也不甘寂寞,偷偷"趁圩"来了。这家餐馆就在街头,每当圩日,这里都是人流兴旺,食客如云。平时才摆两三张桌子,一到圩日就摆了七八张方桌,一张方桌围着四个木条凳,都坐满了,但仍然有很多食客没地方坐,只好端着碗碟,蹲着站着把美味装到肚子里。旺丁叔见到阿花也很惊讶,把那块猪蹄子让给阿花吃,自己再向店主多要一块。阿花趴在地上,用前脚压住猪蹄子,咔嚓咔嚓地享用着超级美味。旁边还有许多狗看着阿花嘴巴里的美味垂涎欲滴,但没有谁敢轻举妄动。这些围观的狗都明白,这个长垌街是个公共地盘,不是谁的领地,大家都平等,谁也别想占别人的便宜。

阿花啃完猪蹄,又看到旺丁叔对邻桌的算命佳叔咬牙切齿,几个月前旺丁叔在家里村口抡起扁担要打佳叔,自己上去助阵把佳叔赶出村子的情景又浮现在眼前,便对着佳叔汪汪大叫。佳叔边喝小酒边把自己给人算命的"秘诀"吹得唾沫横飞,看到阿花坏了他的好戏,便骂道:"你这畜生!这里不是你的地盘,滚一边去!"没想到阿花一跃,上了佳叔那张四方桌,用嘴巴四处乱拱,把小炒肉、花生米、酒瓶子全拱到地上了，气得佳叔操起条凳要打阿花。阿花一跃跳上了另一张桌子，这桌子的食客也操起凳子要打阿花。阿花一连跃过四张桌子。这下子不得了！阿花犯众怒了，连店主都从砧板上操起一把砍猪骨头的菜刀追杀阿花。阿花一见自己成了众矢之的，只好一跃跳到地上，钻到人堆里落荒而逃。那些汇集在餐馆觅食的狗见到掉落地上的食物，也一拥而上，趁乱争夺平日吃不到的美味。

这突发事件让旺丁叔和我始料未及，一下子乱了阵脚，美味时刻变成了危机应对。阿花的去向不得而知，被阿花搞坏的场子却要我和旺丁叔来收拾。四张桌子的食客和店主把旺丁叔和我团团围住，要我们赔偿损失。旺丁叔是个明事理的人，在这一带乡村都有个好名声，所以他说愿意赔偿阿花造成的损失。餐馆主人把损失的食物、烧酒和掉在地上摔坏的碗碟、酒瓶一起计算，一共五块五毛钱。旺丁叔把今天赚的钱掏出来放在桌子上清点，一共三块五毛钱，便说："今天只有三块五。下个圩日补够。"我赶紧把我卖鸡蛋的两块钱拿出来放在一起："够了够了！刚刚好五块五。"我虽然嘴上这样说，心里却在疼，因为那是我买书的钱，那是我的蒲公英。

第四章 茁壮成长 | 059

阿花一连跃过四张桌子，这下阿花犯了众怒了，连店主都从砧板上操起一把砍猪骨头刀追来阿花。

第五章 四等小站

坪塘火车站虽然只是一个四等小站,但它可以通达全国任何有铁路的地方,是农耕山村与现代文明的联结点。

新学期马上要开学了。经过八个多月的训练，母亲和我都攻克了语言障碍，已经能自如地用客家话朗读和交流。这十分得益于父亲暑假带回来的那本《客家话词典》。

开学前的一天，大队党支部书记杨俊才突然来到我们家。母亲叫他杨支书，又对我说："快叫俊才叔好！"我问过俊才叔好后，母亲给他倒上一碗开水。俊才叔坐在木条凳上抽着水烟筒说："九婶，你嫁给了九叔，就是我们家乡人了。你们都是我们家乡出的秀才。在外面大家叫九叔和你周校长、王校长，回到家乡我们还是叫你们九叔和九婶。从你回来交给支部的材料看到，你原来是县城第一小学的校长，上的算术课很受欢迎。你出身富农成分，解放时你才16岁，高中和师范是解放后才上的，也算是长在红旗下。出身不由己，道路可选择。半年多来，你每个月的思想汇报都认识深刻到位，又抢着把村里最艰苦的活干了，思想和行动改造情况上级都比较满意。现在学校正缺算术老师，支部决定让你去教算术课，但你的身份既不是正式教师，也不是民办老师，而是临时代课老师，因此不会有正式教师或民办教师的工资，只有12块钱伙食补贴，村里按出工给你记工分。"

"只要能给孩子们上课，什么都可以。"母亲说。

俊才叔说："好吧。明天就到学校上课。"

我想这可能就是母亲所说的手中的"蒲公英"了。

俊才叔走后，我对母亲说："俊才叔说你和爸爸是乡里的秀才。"

母亲说，秀才就是读书人，有学问的人。客家人勤奋、单纯、爱读书，像你爸一样。听你爸说，俊才叔他们杨家村出了个大才子，是江海大学的生物学家、大教授，叫杨俊斌，是俊才叔的兄弟。我在《人民日报》还见过他的照片和名字，名气很大。听了母亲的话，我倒吸了一口冷气：深山飞出金凤凰了！

时间过得飞快，我上二年级了。期末时我拿了两个一百分。我暗暗地觉得这也是我的"蒲公英"。

很快进入了腊月，乡村的田间地头，村里村外，到处鸡鹅成群，这是一年之中乡村里独有的景象。这些嘎嘎叫的鹅，是乡亲们在十10月份秋收时节从鹅苗养起的，到了腊月每只都已有六七斤重，到年三十会达八到十斤。母亲觉得从鹅苗养起太麻烦，就想在腊月初去圩上买两只五六斤的"中鹅"回来，养二十多天就可以宰来过年了。但这个提议被我否决了，而且否决得很彻底。

"不买鹅，哥哥姐姐们回来吃什么？"母亲问我。

"我不在这里过年。"我的回答令母亲大吃一惊。

"你太天真了吧。我们在县城生活的时候，有些年也是回来过年的。"母亲据理力争。

"往年是往年，今年不一样。这样对我太不公平了！而且他们几张火车票回来，寒假时间又那么短，不值得。我们过去才两张火车票，可以省钱。"我嘴上这样说，心里想的却是县城里的电影院、新华书店和图书馆。这些山乡里都没有。

"那你给你爸写信。"母亲很无奈地说。

"写信来不及了。要打电报。"我说的是实话。

"那么你自己写电报稿，要简洁，三分钱一个字，你看着办。明天交给邮递员。"母亲说。

"写就写。"我说。这山村，写信寄到父亲所在的县城，最快都要一个星期，慢就要十天半个月。打电话发电报要不到公社镇上的邮电所，要不就交给乡邮员带回镇里代发电报。

母亲同意去父亲那里的县城过年，我想这也是我手中的

"蒲公英"。

去广东那个县城过年,说起来容易,做起来却好麻烦。家里猪还没养,猪圈空空如也,这个好说;鸡却有二十多只,主要是养来产蛋的。还有阿花怎么办?虽然才八个多月,已经长得和成年农家土狗一样高大了。

母亲说,只能交给旺丁叔婶来照顾了。要么旺丁婶拿粥和米糠过来喂,要么把鸡放到旺丁叔婶家里的;阿花也自己到旺丁叔婶家里喝粥,晚上还要回来看家。

一切安排妥当,拿点简单行李,还带上旺丁婶给的一些咸鸭蛋、腊肉、粽子和酸菜,把大门一锁,旺丁叔就用独轮车送我们去火车站。

我们中午12点就从崖洞村出发,阿花也一定要为我们保驾护航。独轮车上还有两箩筐木炭,旺丁叔要顺道卖给铁器社。路上经过"老鼠颈"的老圩卷粉店,大家都吃了一碟香油卷粉和一块五香扣肉,我多要了一块扣肉,阿花也吃了一碗粥。路过公社镇上的铁器社,旺丁叔的木炭卖了两块四角钱,母亲也顺便买了一把菜刀。我们就直接穿过圩镇街道去火车站。今天不是圩日,街上空荡荡的。

经过九川江木板桥时,我下了独轮车,由母亲牵着手跟在旺丁叔后面过桥。下午的阳光照在旺丁叔的背上,他肩膀上连着独轮车两个把手的条带，条带把旺丁叔颈部压出了一条深坑，这样肩背的力量就减轻了两只手的受力，让其可以腾出手来拿搭在肩上的汗巾擦擦汗水。斜阳下的远处，就是目的地坪塘四等小站了。

回到农村以后，这个四等小站成了我心中的向往，因为它可以通达全国有铁路的任何地方。虽然它是中国铁路客运业务中一个最底层的小站，位于农村或山沟里，但它是人们去往发达与文明的起点。我每次都驻足在候车厅里那张全国铁路线路图面前很久，看着上面的北京、天津、上海、广州等大城市发呆，也看着哈尔滨、满洲里、乌鲁木齐、伊犁，心驰神往，想象着那里是不是自己将来能够去的目的地，是不是我的诗和远方，一个我的蒲公英飘落的地方。

在火车站的售票窗口，母亲买到两张下午3点的火车票，一张是长方形的全价票，一张是梯形的儿童票。我看到自己手上这张是售票员插到一个机子咔嚓一下切掉一半的，上面印有一个"孩"字，还有"凭本票当日当次车两日内乘坐有效"字样，以及用打孔机打出来的日期及车次。母亲那张全价票的右边三分之一处还有两条斜线，上有个"半"字，下有个"孩"字并标有价格。剪下来后，儿童票是一个正梯形，半票是一个倒梯形。

母亲在售票处确认列车正点后，催着旺丁叔赶快回家，要不还没到家就天黑了。

旺丁叔也顺着母亲的意,把行李卸下后,从独轮车上取下水烟筒抽了几口,就推着独轮车回去了。我也催着阿花跟旺丁叔一起回去。

旺丁叔回去后,我四处观察这个四等小站。谁知道阿花又回到了我的身边。我说:"阿花!你不快点回去天就黑了!"它还是不肯走。我只好带着它转悠。

这个小站在全国火车站序列中排倒数第二。五等小站是没客货运业务的,只有慢车,需要时为直快特快客货运列车让道和提供列车维修功能。四等小站在全国铁路运输系统中是站数最多的车站,只停靠站站停的客运慢车或一些货运列车。坪塘段的铁路是堆建起来的,主要是为了让铁路坡度不要太大,也为了当地农村交通从铁路下的涵洞通过,不影响列车通行。车站是一栋青砖绿瓦的建筑,整齐的冬青树排列在房子四周,一直沿着阶梯伸展到铁路边的站台、调度室。车站的售票处、候车室、行李室都在下面,然后顺着阶梯拾级而上站台。站台上面有一个调度室,里面只有一个调度员,显得十分繁忙。我趴在调度室的玻璃窗上想看个究竟,阿花也跟着趴在窗口看热闹。调度员戴着一副大耳机,手不停地把电话机摇得呼呼响,嘴里不断地说:"总调度!总调度!我是坪塘。"电话铃声也响个不停，调度员边接电话边说："喂喂喂！我是坪塘，我是坪塘。"列车运行情况这里是第一时间知道，比站长知道得还要早。

这个四等小站只有三条轨道，那些不停站的客运快车和货运列车从中间轨道呼啸而过，最远的轨道停着一列货运列车。靠站台的轨道则停靠站站停的客运慢车。阿花第一次见到这样的场景，兴奋得朝着飞驰的列车汪汪地叫。有一列不停站的货运列车从站台边上的轨道通过，阿花竟然朝着列车汪汪几声后，追着列车奔跑，急得我大声喊："阿花，快回来！"阿花才停止乱跑。

列车将要到达的消息是我第一时间从调度员那里知道的，比站长还早。我和阿花看完过路列车后，又趴在调度室窗前看调度员干活。听到调度员说2526次列车已经从前方车站开出，二十六分钟后到达坪塘站，我马上下去候车室把消息告诉母亲。十几分钟后，车站工作人员到候车室通知大家上站台准备上车。

母亲带着我和阿花上到站台候车。接车员左手拿着红绿两个旗子，右手提着信号灯，他看到我们三个在等车，脸带笑容地问："你们都坐火车？"我摸着阿花的头说："它来送车。"接车员听了，又转身提醒旅客们不要越过警戒线。列车是从右方过来的，右前方一公里处的绿色信号灯已亮起，绿色信号牌也已斜落下来，表示这个方向的列车可以进入这条轨道。而左方一公里处的红色信号灯也亮灯，表示这个方向的列车不能进入这条轨道，否则会与前方列车相撞。这时，列车从远方减速进站，接车员打着绿色的旗子，迎接列车进站。

列车在月台前缓慢地停了下来。列车员打开车门，站在站台为旅客检票上车。到母亲检票时，她突然看着列车员说："阿娟，你值班啊！"列车员惊讶地说："哎呀！是王校长。"母亲赶快说："我不是校长了。叫我王老师。"说着我们提着行李上了车，不想阿花一跃也跟着上了车，急得列车员阿娟冲回车上大声说："狗是不能上车的，马上开车了，快让它下车。"我摸着阿花的头说："阿花，快下车回家。要么天黑了。"阿花这才依依不舍地下了车。

阿花下车后，很茫然地看着列车。这时列车员阿娟已把车门关上。我赶紧把头伸出车窗叫道："阿花，我在这里！"这一叫不打紧，阿花前脚离地，整个身子升起来，呜呜地叫着，差点掉进站台与列车之间的缝隙里。列车开动了，阿花追着列车奔跑，一直追到站台的尽头，急得我拼命地招手："阿花，快回家！快回家！"

阿花看着远去的列车消失在它的视野里，我看着阿花和坪塘火车站消失在我的视野里。

这一幕，深深地刻进了我的心头。

列车开动了,阿花追着列车奔跑,一直追到站台的尽头。

第六章 又见坪塘

坪塘火车站成了我的向往,尽管它多次给了我失望,但也给了我希望。母亲说,抓住了蒲公英,就抓住了命运,蒲公英从哪里飘落就从哪里捡起。

一年没见的县城，发生了许多变化。街头多了很多大字报，连学校里也满了。在学校墙上的大字报，还看到了父亲的名字。一年前批斗母亲的副校长当上了校长，父亲任教的学校的决策权已经交给了工宣队和自己的学生，哥哥不在家里过年，去省城和北京了。临走之前说初中以上的学生凭学生证坐车、吃饭和住宿都不用钱，所以父亲只给他二十元钱备用。而我一直向往的电影院少了很多片子，县图书馆少了很多图书，借阅卡片柜子也少了好几个。我这才明白母亲为什么不想回到这个再也不属于她的县城过年，我做出的决定对她已经是一种伤害，我为了自己的蒲公英却伤害了母亲的蒲公英。住了几天，母亲和我回到了属于我们的崖洞村。

我们回到崖洞村的村口，阿花早已在那里等候。阿花像见到久别重逢的亲人，分别在母亲和我的身上跳呀爬呀舔呀，简直心花怒放。乡下过年的气氛比城里热闹多了。过年期间还属于冬闲时节,大人包粽子、炸煎堆、宰猪杀鹅、走亲戚,小孩子吃鹅腿、放鞭炮、收利是、捉迷藏,好一派欢乐祥和的景象。

旺丁叔婶拿了好多粽子、煎堆、鸡鹅肉和青菜到我们家。旺丁叔指着屋角那两棵香蕉树说,两棵都长花蕾了,7月份就有香蕉吃了。

"旺丁叔您说得真准!去年种的时候您就说了,比那算命佳叔算得还准。"我拉着旺丁叔说。

"我不是算命,这是自然规律,我是凭经验说的。多施点草木灰,这样熟得更快。"旺丁叔说。我觉得旺丁叔的话真的是经验之谈。

旺丁叔婶走后,母亲对我说:"香蕉熟的时候,你爸就回来了。"我听出母亲的话外音:那时候也放暑假了。

那算命的佳叔说得没错。旺丁叔家真的是双喜临门,好事连连:看家狗阿黑又产了一窝六个纯黑的狗仔,被一抢而空;5月份,旺丁婶又生了个大胖小子。旺丁叔按顺序叫他"三狗"。三狗满月那天,摆了十桌酒席,请了全村十八岁以上的乡亲以及不少远房亲戚。我还是小孩子,没份上桌吃宴席,只有等着母亲省下的那块扣肉。这一带贺寿、娶媳妇、孩子满月摆宴席有个习惯，八个人坐一张四方桌，叫一围，通常每桌十个菜，只有一个扣肉是到底的。其余九个都是素菜托底，上面再来铺上猪肉片、牛肉片、鸡、鹅、猪杂、鸡鹅内脏之类，或者干脆就炸豆腐、煮猪肉。参加喜宴夹的第一道菜，肯定是放在中间的扣肉。虽然扣在一个大碗里的扣肉保证刚好每人一块，但碗中间的可能比碗边的块头大一倍，所以全桌八个人都整齐划一地先下手为强。每个客人桌前都准备了一块生的青菜叶子，大家把这块肉放在叶子上包起来，等用餐结束后带回家给小孩享受，然后才开始吃其他菜。我虽然没有上桌吃饭的待遇，因为父亲是旺丁叔的堂兄弟，旺丁叔也是每样菜都留一点放在一个小桌给我和二狗一起享用，自然也少不了每人一块大扣肉。阿花的待遇也不低，旺丁叔给了两根带肉的大筒骨慰劳它。旺丁叔认为自己喜得贵子，是阿花给他们家带来的好运。

　　公历六月一般是农历五月，正是龙舟水旺盛的时节，学校旁公路桥下又成了孩子们的水上乐园。我和二狗、阿花也乐在其中。这个时候，农村大人们正忙着准备夏收，这水上乐园是一个纯粹的儿童世界。

　　二狗不会游泳，在浅水的地方玩了一会儿后，便坐在石头上看那些会游泳的孩子在深潭里游玩。突然一个被伙伴追逐的小孩推了二狗一下，这一推不打紧，把二狗推到深水潭里去了。

"不好了，二狗掉到水里了！"我大声喊着，但附近没有一个大人。说时迟，那时快！只见阿花冲进水边的树丛里，叼着一个足球跃进水里游到二狗身边。我大声喊："二狗，抱住足球，骑在阿花的身上。"二狗照做了。阿花慢慢地游回岸边，还不停地用舌头舔二狗身上的水。这时我才猛然记起，那只足球是去年我和阿花藏在树丛里的。

旺丁叔婶知道阿花救了二狗的消息，又专门到长峒街买了两根带肉的筒骨感谢阿花。

按照旺丁叔的建议，我常常用铲子铲些灶膛里的柴灰施给屋角的香蕉树，果然香蕉果长得特别快。旺丁叔用柴刀砍掉不挂果的蕉蕾后，让香蕉树把养分集中供给蕉果，蕉果长得更快。暑假父亲回来时，那大串香蕉差不多把香蕉树压垮了，但香蕉还是青绿色的。旺丁叔说，顶多十来天就熟了。

父亲回来的第二天中午，就忙着维修被台风掀开的屋顶。屋顶是用蓝色的阴阳瓦盖起来的，从房子的侧面看就像一个"人"字，每个房间除了正面的一个木窗户，其余三面均为泥砖墙，房子的地板也是用农田里的泥用一个木头做的"鸭掌"打实的，冬暖夏凉。每个房子的房顶，都有三四个玻璃瓦，和蓝色的泥瓦互相嵌在一起。房子的光线除了木窗户透光进来，主要还是靠从房顶的玻璃瓦透射进来，有月亮的夜晚，还可以

"床前明月光"。

父亲在房顶上干活,我则在下面扶着木梯子不让它滑下来。中午时分,大队的文书急匆匆地赶来叫父亲去大队部接电话。父亲从房顶上下来,就匆忙跟着大队文书接电话去了。

家里离大队部不远,就几百米,过了村前的小河,再走一段路就到了。平时我扛着木条凳去大队部看电影《英雄儿女》《南征北战》《地雷战》《地道战》等,都是从这条一米多宽的土路来回的。每一次电影散场时阿花都能在人头涌动的人流中找到母亲和我,领着我们回家。

大队部是解放时没收的一个大地主的房子,共有两栋二层楼房和南边一个大晒谷坪。正门这栋一楼是小卖部,提供酱油、烧酒、盐、糖果、煤油、干电池、香烟之类日常用品。二楼是支书、文书办公室,会议室和转播站。支书和文书办公室门口是个可以坐二十多人的会议室,刚好够全大队二十多个生产队队长坐下来开会。会议室墙上挂有一块大红布,红布上有二十多个口袋,每个口袋写上一个队名,口袋上插着隔天送达的《人民日报》和省报,还有村民的信件。如果好多天队长没来开会,口袋里会插满报纸和信件,所以每个口袋都预备得大大的。另外一栋是礼堂和仓库。南边的晒谷坪,平时是附近村子用来晒农作物的,也是一个月一次的电影放映场,不过由于是露天的,晚上放电影还得天公作美,给个晴天。由于农村没有电，放映室队都是带着柴油发电机一起来的。放电影的消息，除了大队的转播站提前一天和当天广播预告，我在家里也能听到放电影的发电机发电的哒哒声。平常每月一次的公社放映队，都是单机放映，换片子需要几分钟；而县放映队半年才来一次，不仅银幕大一倍，而且两个放映机无缝对接，不停顿放完一部影片，和县城的电影院一样。

父亲从大队部回来后，脸色不太好。我也不吭声，默默地继续扶着木梯，父亲则继续上屋顶忙乎。忙完之后，我用一个大木盆装满水在屋前的空地洗澡。母亲做好饭菜上桌后，边说："快洗，要吃饭了。"边帮我擦背，然后包上毛巾。我问母亲："怎么哥哥姐姐不用回农村，而我要回来？"母亲说："大人的事，小孩不要问。"我不高兴地一跺脚："这对我不公平！"这一跺，盆里的水把母亲的衣服都溅湿了。母亲一巴掌打在我光着的屁股上。我大声地喊道："爸爸，妈妈欺负我！"想不到父亲不但不帮我，反而拿起一把竹鞭子，左手提着我的手臂，右手拿着鞭子往我光着的身子猛抽，痛得我哇哇大哭。我哭得越厉害，父亲抽得越带劲，还边抽边说道："我让你嘴硬！你牙好！那就让你尝尝猪肉炆藤条的滋味！"看到父亲如此凶狠，母亲才拦住说："停了停了！你想把他打死呀？"这时父亲也猛然发现自己好像失去了理智，下手太重了。因为我的背部和屁股及双腿已经皮开肉绽了。

饭桌上，身子还痛得我直抽泣。父亲说他的学生来电话，要他马上回学校，要解决什么"站派"的问题。我不明白是什么事，只想到屋角那香蕉为什么不快点成熟。

晚饭后，母亲抱着我，边用针挑穿被鞭子抽起的水泡，边用万花油涂抹鞭伤，嘴里边说："你爸这次够狠的，够狠的！"我把母亲的话当催眠语，痛得在母亲怀里睡着了。

第二天吃早餐的时候，父亲把他碗里的鸡蛋夹给我："儿子，昨天我手重了点，对不起！你不恨我吧？"我心里想：你往死里打，我差点就没命了！嘴里却说："我哪敢恨您？没有你们就没有我。这点道理我懂。我弄不懂的是哥哥姐姐的生活学习环境都没改变，我就得回来。这对我不公平。我觉得你们给我起周学海这个名字起错了，这山沟沟里，图书馆也没有，电影院没有，湖也没有，只有小溪小河，去哪里学海呀！我要把我的名字改掉。"

父亲说："你最小，离不开妈妈的照顾，再说妈妈也得有个伴。"

"是我离不开妈妈，还是妈妈离不开我？"我越听越觉得越矛盾，越理越乱，又问道。我觉得我是兄弟姐妹中最小的，父母应该最疼我，加上还有哥哥姐姐的照顾。经过今天父母对我的"双惩罚"，特别是父亲下手那么重，我对往后有点失去信心了，觉得我作为家中的"老小"，应该是可有可无的，不像哥哥姐姐来到这个世界是"必然"的,我只是"偶然"的存在。

"两者都有。"父亲打断了我的思绪说,"你好好陪着妈妈,今天下午我回县城去了。"

"我也要去。暑假刚刚开始,我要去图书馆,去看电影。"我提出了父亲说"对不起"的条件。

去坪塘火车站这三十多里路真的不好走。父亲不要旺丁叔送,阿花却坚持要送。大白天的,其实我们不需要阿花护送。在村口的公路上,我用石头赶了几次阿花回去都没成功,最后只能随他了。路过半路上的老圩卷粉店,父亲和我照旧吃一大碟香油卷粉加一块五香扣肉,阿花喝一碗粥。

到了坪塘火车站,得到的消息是:"没车!"连售票处的窗口都关闭了。我们只好打道回府。又是三十多里路。整个夏天,农村的孩子都没有鞋子穿,我的脚丫子走在滚烫的砂石铺的乡村公路上,还要不断躲避那些运送农资的汽车、拖拉机。回到家的时候,天已经黑了。母亲刚刚挑粪水浇完自留地的蔬菜回来,见我们,不知道是感到意外还是高兴,又到地里摘了点蔬果回来。

这一带的乡村有个约定俗成的习惯,像乡规一样:挑家里猪圈的粪水浇菜地,一定要在傍晚。因为浇完以后还要在小河里洗刷粪桶,所以这个时段小河里的水是最脏的。经过一夜的沉淀和过滤，清晨小河里的水最干净，这个时段大家从河里挑水倒满家里的水缸，刚好够全家一天的用水。清晨到菜地里只能用清水浇菜，到小河里洗菜，水和菜都特别干净。母亲傍晚去菜地临时摘点菜是无奈之举，因为早上要准备我们去火车站的事，没有去菜地。

吃晚饭的时候，母亲说："去不成也好。又不是你自己不想去，老天要你们吃了香蕉再去。"

晚上睡在床上，我的背上、腿上、脚底都在疼。母亲给我涂上万花油后，我才慢慢睡着了。

第二天再去火车站，又是三十多里路。母亲从床底找出我冬天穿的鞋子给我穿上。当走到老圩卷粉店稍作休息的时候，我发现两只脚的大拇指已经瘀血了。原来经过半年，我的脚又长长了，鞋子已经不适脚了。父亲只好向店主借来剪刀，把两只鞋头剪了个大口子，让脚趾伸出来。这样坚持到公社圩镇上，父亲在百货商店给我买了双新鞋，鞋头里面可以放两个手指，长度足可以穿到第二年冬天。

到了火车站，售票处窗口依然关闭着，并挂出了"今天没有火车"的木质牌子。我和阿花上到站台上的调度室窗口，听到调度员也说了今天没列车前来的消息。铁轨左右一公里处的红绿色的信号牌横在竖杆上端岿然不动，我带着阿花下到铁路上，把耳朵贴在铁轨上，也听不到列车到来的任何音信。我们又只能打道回府了。

回到公社的镇上,父亲说到饭店吃点东西。这里也有火车中转车站饭店里那样的白切鹅饭,阿花也吃了几块鹅骨头。

吃完饭出到街上,忽然听到有人"九叔!九叔"地叫。定睛一看,原来是大队支书俊才叔。俊才叔推着一辆崭新的上海产的凤凰牌大链盖26寸自行车,车铃是转着叮叮响的,车头还有一个由后轮摩擦发电的大灯,整辆车既小巧又霸气。当地不管县城还是农村,"三转一响"是一个家庭地位的象征,"三转"就是自行车、缝纫机、手表,而且得是上海产的,"一响"就是收音机,而且得是上海产电子管的,摆在桌上像模像样的——天然条件比较好的女孩子基本上都挑这样的家庭入嫁。这些都要凭票供应的。俊才叔作为大队支书,这些都有权利或者条件拥有。

俊才叔说他来公社开会,现在要回乡里马上传达上级会议文件精神,父亲告诉他因没有火车,也准备回家。俊才叔说可以顺路把我带回家。父亲把我托付给俊才叔,说自己慢慢走路回去。我对父亲说在村口等他。

我第一次搭坐这么高级的自行车,那大链盖把链子裹得严严实实的,乡村公路尘土飞扬也和里面的链条没有一点关系,特别是下坡的时候,后轮的轴承的珠子转动时发出的嘀嘀声,像一段美妙的音乐令人愉悦。自行车比人走路快多了,走路要用两个小时的路程，自行车不到一个小时就到了。阿花也追着自行车回家。

第二次打道回府母亲并不感到意外，她好像习以为常了。我也在想，列车是不是给像哥哥那样的中学生用学生证去坐了呢？

傍晚时分，母亲已经做好了晚饭，我和阿花在村口的公路边等候父亲，直到天黑都看不到父亲的影子。到了深夜12点，父亲依然没回来。这时候母亲急得像热锅上的蚂蚁，团团转。母亲找旺丁叔婶商量，母亲猜想父亲可能是在镇里给单位打电话或电报给耽误了。

大家商量了一会儿，也商量不出什么办法。旺丁叔说，九叔吉人有天相，不会有什么事的。我也相信旺丁叔的话，因为他到街市上做"猪中""牛中"时从未说过假话。这个时候，大家只有祈求父亲平安。

自行车比人走路快多了，走路要用两个小时的路程自行车不到一个小时就到了。阿花也追着自行车回家。

第七章 忠诚护主

阿花已经当了好几次『落水狗』。前一次救了二狗,这次救了母亲和我;;前次在河里,这次在江里。阿花第一次尝到了坐火车的滋味,但中途被赶下了火车。

母亲和我焦急地等了三天，一直没有等到父亲回来，也毫无父亲的音信。等待就是一种煎熬，母亲上课时出了几次错，被我指出来，而我的作业也破天荒地错了几道题。晚上旺丁叔又到家里和母亲商量办法，却仍然毫无办法。阿花不断轮流趴在母亲和我的身上安慰我们，连舌头都舔干了，不断去喝水。我不懂阿花的智商为什么那么高，懂得为主人分忧，晚上更是悉心地守护家园。屋子周围有一丁点动静，阿花马上汪汪地从狗洞冲出去，绕着房屋的四周转一圈。有个小毛贼老是想凌晨时分偷我屋角的那两大串香蕉，都被阿花盯得死死的，令他不敢轻举妄动。

父亲的去向成了一个谜，而这个谜只有母亲、旺丁叔婶和我知道，估计阿花也是猜到了一点。这个"谜"把我们折磨得日不思食、夜不能寐。母亲和旺丁叔婶分析，父亲身上没带什么钱，被人打劫不可能，加上社会治安还是挺好的——乡村里偷些树上的香蕉、菠萝蜜、荔枝、杨桃、杨梅、龙眼之类的小偷小摸还是有的，这都是些小孩或小毛贼干的，入屋盗窃之类的事情几乎没有发生过，只有那些不懂人性的黄鼠狼才干入屋偷鸡的事情。村子里夜不闭户是常见的，因为夏天晚上敞开大门睡觉凉快。这一带乡村的厨房都是不上锁的，白天乡亲们不论经过谁家，都可以随便进去，拿起勺子舀起米汤就往嘴里灌，十分解渴，然后关上门就离开。屋主刚好回来见到了也觉得很正常。

母亲分析到另外一种情况是，父亲把我交给俊才叔后，就到镇邮电所打电话给单位，但电话没人接，然后又去火车站，坐上了凌晨3点钟那趟车回县城去了。听了母亲的分析，大家都祈求但愿是这样。

既然认可这样的分析，我们等待的就不是父亲，而是父亲的来信或者电报了。于是每天到大队部拿信件成了我的第一要务，我也成了从大队部拿报纸回村里的"邮递员"。以往父亲回县城，家里一般是一个星期收到来信，最迟也就十天。结果半个月过去了，依然没收到父亲的来信。

第十六天，不知道发生了什么事情，我们见到学校旁公路边那三根电线杆绑着三个人，听说是"死不悔改"的什么分子，是坏人，要枪毙。那天晚上，我依偎在母亲的怀里，两手捂着耳朵，生怕听到枪声。结果一个晚上没听见枪声，第二天早上那三个人不知道被押到哪里去了。

母亲更加忐忑不安，晚上又和旺丁叔商量办法，并让我在另一个房间先睡。母亲把手电筒放在我的枕头边上。

凌晨时分，我被一个声音惊醒，好像屋角外有大树倒了。我大声喊母亲，没有应答，便赶忙拿起手电筒到母亲的房间，发现母亲不见了。我大声喊阿花，也不见阿花的踪影。我赶紧打开大门，用手电筒把房子外围四周照射一遍，发现那两大串香蕉给毛贼偷了，这毛贼还把香蕉树砍倒在地上。这是这一带乡村的一种风俗，砍了成熟的香蕉串，一定要把香蕉树砍掉，因为一棵香蕉树只结一次果实，留着也没用。更有说法，毛贼偷了香蕉，如果不把香蕉树砍断，会给自己带来厄运。这毛贼为了偷这两串香蕉，已经守候了多个夜晚，无奈有守护神阿花的守候，实在下不了手，今晚终于给他等到了下手的时机。我赶紧锁上门，跑回村里找旺丁叔，结果旺丁叔也不见了。旺丁婶也觉得蹊跷，最后发现看家狗阿黑也不见了！

我和旺丁婶一直等到天亮，也没见到母亲、旺丁叔和阿花、阿黑的影子。"失踪"事件在村里传得沸沸扬扬。旺丁婶自己一无所知还百口难辩，不知道怎么向乡亲们解释。这次算命的佳叔还算有点口德，对此事闭口不谈，没有添油加醋乱说一通。

直到中午时分，母亲、旺丁叔、阿黑和阿花才出现在村口。大家悬着的一颗心才放了下来，一些风言风语也戛然而止。原来昨晚母亲和旺丁叔商量办法时，越想越后怕，当即决定马上去坪塘站坐凌晨3点的火车。阿黑、阿花见状也陪伴保护。到了火车站，看到的也是"今天没有火车"的牌子，得到的信息是，这几天白天那趟火车临时取消了，明天凌晨3点的客车正常。他们只好在候车室挨到天亮，然后回到公社圩镇邮电所给父亲打长途电话，电话没人接，又给父亲打了电报。回到家已经是中午了。

中午吃完饭，母亲又在张罗去火车站的事，我也在准备去火车站的事。我把我在屋角空地上种的蒲公英摘下来放在一个小袋子里，又把父亲刚给我买的新鞋子拿出来准备路上穿。母亲看出了我的心思，只是说："你跟父亲去火车站，结果把父亲丢了；这次跟我去火车站，不要又把母亲丢了。"

我说："把父亲丢了，是因为阿花跟我回来了，没有阿花的保护。这次阿花跟着我们，它会保护我们的，谁也丢不了。"

晚上11点我们就启程了。旺丁叔坚持要送我们。母亲坚决不让他去，说半夜三更的，来回六七十里路，太辛苦了，有阿花保护我们，放心好了。母亲说完把屋子大门钥匙交给旺丁叔。旺丁叔也不再勉强，说这段时间会帮看好屋子，喂好鸡和照顾好阿花。

母亲将手电筒换上新的电池,还带上一对新电池备用,就出门了。

时间还是七月初几,天上没有月亮,这一带的农村还没有生活用电,特别是凌晨时分,四周都是漆黑一片,只有乡村公路上的沙子有点模糊的白色。正值夏种时节,公路边刚刚耙好的水田倒映出淡淡的光影,远处的村庄偶尔见到一两点昏暗的煤油灯光,那是村民起夜点的灯。田野里青蛙在尽情地呱呱叫着。我曾跟旺丁叔在夜里抓过青蛙,也学了一手照青蛙的技术:凭着青蛙的叫声,你就可以判断青蛙的大小,声音越洪亮,青蛙个子越大。然后你用强光手电筒顺着声音照过去,大小青蛙一览无余,青蛙的眼睛在光柱照射下有两个亮点,亮点之间的距离越大,瞳距就越大,青蛙也就越大。然后你目不转睛地顺着光柱走过去,到了几米远的地方,青蛙会一下子缩到泥里去。只要你手电照射的光点不移位,到了跟前你用手往泥里一抓,一抓一个准。青蛙会挣扎一下,你的手又抓紧一点,青蛙就乖乖就擒了。

我边走路边用手电筒照路边田里的青蛙,还真的不少。母亲催着我赶路,我只好跟着母亲快点走。

凌晨的乡村公路上,除了两边田野里青蛙争先恐后的呱呱叫声,就只剩下母亲和我走在土路上的沙沙声了。蛙声做伴和阿花的护卫让我没了对黑夜的恐惧。阿花的脚步轻盈得几乎让人听不到。它时而跑到前面，时而落在后面，像个卫士一样保护着母亲和我。经过老圩街的时候，我们的脚步声和手电光引起一片看家狗的汪汪叫声，偶尔也听到房子里的做梦叫喊声、呼噜声和咳嗽声。不管是在做好梦还是噩梦，狗叫声都把他们唤醒了，有的干脆点起煤油灯起个夜，撒泡尿。黑暗中我看到了各个铺子门口墙下方形狗洞里闪着绿光的狗眼，叫声就是从那些地方发出来的。阿花是个绝顶聪明的护主犬，这个时候它十分清楚自己的职责，在别人的地盘，绝对不能惹是生非，陷入群犬的包围圈中，只能静悄悄地越过险境，万无一失地护送主人到达目的地。

过了老圩街又是一片田野，阵阵蛙声让我想起母亲教我的一首宋词，这首词的作者不像李白、杜甫、李清照那么好记。母亲说，你老说放学后还要上山砍柴，辛苦死了，就想想放学后去砍柴，多出汗辛苦一点，身体就没疾病了。果然我把"辛弃疾"的名字记住了。我清楚这是母亲哄我砍柴的智慧，也接受了。我边走路边把辛弃疾的《西江月·夜行黄沙道中》背了出来：

> 明月别枝惊鹊，清风半夜鸣蝉。稻花香里说丰年，听取蛙声一片。

七八个星天外，两三点雨山前。旧时茅店社林边，路转溪桥忽见。

"很贴切应景呀！难得的想象力。"母亲夸奖完我，又更进一步，"儿子，你有本事也作一首。"

我想这难不倒我，今晚虽然没有明月、惊鹊、鸣蝉，也没有雨点，但有"蛙声一片"。我突然想制造一个"惊鹊"，于是从地上捡起一块石头往路边的树林扔去，结果一群梦中惊醒的鸟儿飞上了天空，阿花也冲进林子里把一只田鼠叼了出来，响声更是引起村里十几只狗上演"听取犬声一片"的"小夜曲"。这下我的"灵感"也来了，顺口就是一首《西江月·夜行长垌道中》：

　　黑夜行路沙白，村影夜半闪灯。水田泛光聊夏种，听取蛙声一片。
　　八九颗星天外，三五犬吠村前。旧时粉店老圩边，登坡极顶忽见。

母亲听了很吃惊："天才呀，儿子！这样的诗词我也写不出来呀！其他我都明白，沙白、闪灯是什么意思呀？"

"漆黑的夜晚，只有路上的沙子泛着淡淡的白光，闪灯就是村民起夜点的煤油灯！"我觉得这"沙白""闪灯"是词的亮点,因为会引起读者的提问,需要注释。

母亲见我太自信了,又让我"乐中带点苦":"你这是套作,考试时是不可以套作的。"

这么应景的诗词驱散了母亲和我对行夜路的恐惧,心情特别好,心想一定很快就顺利平安地到达坪塘火车站的。

凌晨2点半钟,我们走到了九川江的木板桥。这条江虽然水不深,江面上有沙洲,有石滩,有水生植物,因此江面还是比较宽的。江上的木板桥有三百多米长。白天过这道桥我们已经需要小心谨慎了,何况在伸手不见五指的黑夜。幸亏母亲想得周到,让我带上强光手电筒。母亲背着行李走前面,我用手电筒给母亲和自己照路,阿花跟在后面。在桥上已经看得见远处坪塘火车站的灯光了,希望就在眼前。母亲和我都加快了脚步,踩得木板桥吱吱作响。

快到岸边时,想不到一个人挡在了桥头前,母亲避到侧面的桥墩让他过去,想不到他也走上桥墩,阴阳怪气地说:"等你一个晚上了。昨晚你和那个男人放两条狗来咬我,还把我的蛇和青蛙都放跑了。那个男的怎么不来了?还有一只狗呢?"

母亲这才发现是昨天凌晨拦路耍流氓的那个人,马上说:"捉蛇佬,别乱来!"

"捉蛇佬"是这一带农村某些游手好闲的中年男人,昼伏夜出,有一手抓蛇的本领。这些人白天睡大觉,晚上10点左右出行，腰上分别缠着一个装蛇和一个装青蛙的竹笼子，手上拿着一条带钩的铁棍和一支手电筒，专门到田垌和河边抓那些夜里出来觅食的青蛙和蛇。见到蛇在地里或者水里爬游的时候，他会用铁棍从蛇头往下七寸的地方钩起，轻轻抖几下，让蛇的骨头发麻发软，然后一把抓住蛇的脖子，让蛇咬不到自己，又迅速把蛇放进竹笼子里。一晚下来，总会抓到几条蛇和几斤青蛙，早上拿到一些餐馆或收购站去卖，卖到的钱刚好够其买一天的酒和烟。正儿八经的农村人认为这是不务正业、游手好闲的懒汉，女子不愿意嫁给这种日伏夜游、没有家庭观念的捉蛇佬，他们多数孤身一人过一辈子。

昨晚发生的事情我一点儿也不知道，因为母亲、旺丁叔、阿花和阿黑的失踪差点让母亲和旺丁叔百口难辩，九川江这惊险一幕已经不是人们关注的焦点，所以母亲并不提起。情急之下，我用手电筒照着这个人，让他睁不开眼睛："你敢乱来，阿花可对你不客气！"

捉蛇佬说："昨晚令我损失了十多块钱，今晚你给我二十块钱就没事，要不——"说完就向母亲伸出手。

阿花对着捉蛇佬"汪汪"地叫了好一阵子，已经憋足了劲儿，喉咙里发出愤怒的吼声。我大叫一声："阿花，上！"

阿花马上汪汪地扑上去，捉蛇佬想用装满蛇的竹笼子挡住阿花，想不到阿花用前脚将笼子推开，用嘴咬住捉蛇佬胸前

第七章 忠诚护主

想不到阿花用前脚将篓子拨开，用嘴咬住提货佬胸前的衣服左右猛烈摆动，撕咬得对方人仰马翻。

的衣服左右猛烈摆动，撕咬得对方人仰马翻。想不到的是，阿花和捉蛇佬都没站住，一起掉到江里去了。我急得拼命地叫："阿花！阿花！快游到岸边上来。"母亲拉着我说："我们快走。阿花熟水性。要相信阿花。"

母亲和我跌跌撞撞地赶到火车站，买到火车票，赶忙上到站台，这时列车已经进站。列车员阿娟看见我们气喘吁吁，检完票便帮我们拿行李上车，黑暗中带我们找好座位，又马上回去锁车厢门。

由于已经是下半夜，车厢里只有昏暗的灯光，其他旅客都靠在椅背上睡着了。阿娟又回来帮我们把行李放上行李架，然后去巡查车厢。我们刚坐好，突然被一阵水珠洒了一身，有个湿漉漉的东西抹在我的脸上。我用毛电筒一照，原来是阿花！它将身上的水抖湿了我们一身，又不断地在我的脸上亲呀亲！母亲兴奋地说："我说得没错吧？"我说："没错没错！要么怎会叫聪明过人的阿花呢！"

列车员阿娟巡查完车厢后，又来到母亲和我坐的地方。阿花正气吁吁地在地上躺着。阿娟一脚踢着一个毛茸茸的东西，吓了一跳，差点叫了起来。她用手电一照，对母亲和我说："阿花怎么也上来了？"

我说了大实话："我也不知道。"

"下一站它得下车。"阿娟口气很坚决。

我哀求道:"让它跟着我们吧,又是晚上。"

"不行!下一站得下去。"

"下去阿花就丢了。"我说。

"你们丢阿花不打紧,它有可能找到路回家。它不下车,我可要丢工作了。"

我只好对我母亲说:"要么我和阿花都下车。"

母亲不同意:"这样连你也丢了。"

阿娟想了个办法,对我说:"要按照你的办法办,你和阿花下车,我交代车站接车员,天亮让他们用工程车送你们回坪塘站。"

母亲不赞同这样做。说着说着,火车又进站了,深夜没什么人上下车,阿娟还是坚持要阿花下了车。

阿花下车后,又追着列车狂奔。我把头伸出窗外,用手电筒照着阿花,"阿花!阿花"地叫,直到阿花消失在夜色中。

凌晨4点半钟,列车就到了河岸站,然后继续开往半岛海边去了,而半岛开往父亲工作的县城方向的列车,则要到天亮7点钟才经过河岸站。母亲和我只好在候车室的排椅上休息。车站里等待转车的旅客还不少,我把鞋子脱下,放在椅子下面的地上,躺在椅子上就睡着了。母亲把行李放在我和她的头之间枕着,也躺下来休息。6点多钟,我们被一列开往九川县方向的进站列车吵醒，很多旅客正在剪票上车。母亲拍了拍我说："起来了。我们的列车也快来了。"我赶紧起来穿鞋子，却发现我那双新鞋子不见了！却见到原来放新鞋子的地方，有一双和新鞋子一样大小的旧鞋子。母亲和我把椅子底下和四周找了一遍，连个新鞋的影子都没有。穿过的鞋子也有人偷，这真是平生第一次遇上。母亲说："肯定有个好久没穿过新鞋的孩子看上了你这双鞋子，用他的旧鞋子和你换了。"

我没了新鞋子，心里很不爽，便没好气地说："孔乙己说偷书不算偷，妈你的观点是偷鞋也不算偷。"

母亲说："穿上吧。新旧也是一样穿。"

上午9点多钟，母亲和我回到了离别了半年的县城。到了县中学父亲住的房子跟前，结果迎接我们的是一把"铁将军"。父亲和哥哥姐姐都不知道去哪里了。我们只好在县城里逐家找认识父亲的学生问，终于在一个学生家里找到了父亲。

父亲见到我们十分惊讶，觉得不可思议，他既没有收到我们的信，也没收到电报。

父亲真的是坐第二天凌晨3点钟那趟列车回到县城的。一回到县城学生工作队就要求父亲站在工作队那"派"那里，还要父亲带领学校教职员工一起站好"派"。父亲说，自己就站在党和政府那"派"，为政府做好教学工作，除此再没其他派别。学生工作队长说，你一下子没考虑清楚没关系，我们明天再来。学生工作队走后,父亲赶忙安排哥哥姐姐到乡下同学那里住,自己到城里一个学生家里,住的是地下室。半个月来也不敢上街,就怕被学生工作队发现。

知道了父亲和哥哥姐姐都平安,母亲心里那块石头终于落了地。过了一段时间,听说上级及时纠正了地方的错误,把意志统一到党和政府的意志上来。父亲又回到了工作岗位,哥哥姐姐也从乡下回到县城了。

母亲和我在县城住了半个月,上了几次图书馆,看了几场电影。这个时候,列车运行也正常了。母亲和我又回到属于母亲和我的崖洞村。在回去的列车上,列车员阿娟还问起阿花有没有回到家里,挺惦记的。我说,你这不是白问吗?我还没回到村里。半个月里,我最惦记的是阿花,不知道它能否找到回家的路。

第八章 阿花归来

等待是一种煎熬,特别是一半希望一半失望的等待。二十六天的回家之路使阿花变了模样,其间发生了什么我们不得而知,却发现它开始了重启模式。

这次从县城回崖洞村，我们没有告诉旺丁叔，所以他没有到坪塘火车站接我们。这三十多里路简直让母亲和我走断了双腿。幸亏父亲在县城又给我买了双新鞋，让我双脚免受三十多里乡村公路砂石刺痛之苦，也幸好是白天的列车，避免了在河岸火车站转车等候时新鞋被偷的风险。在老圩卷粉店，我们照例吃了香油卷粉和五香扣肉，然后铆足劲走路回家。

　　回到家里，也是"铁将军"把门。可能旺丁叔不知道我们什么时候回来，下午还没到喂鸡的钟点，旺丁叔婶都在地里干活没有过来，家里显得有点门庭冷落。不过正在屋前屋后寻觅虫子进食的二十多只鸡见主人回来了，都围了上来，公鸡在"喔喔"地叫，项鸡在"咯咯"地唱歌，刚产完蛋的母鸡在"咯哒咯哒"地报喜，也算热闹。进门后我赶快从稻缸里抓了一把谷子撒在门前的空地上，奖励鸡们对我们的欢迎。

第八章 阿花归来

仅半个多月，屋角被砍掉的香蕉树又长出了新苗。心里感到不踏实的是回来一直不见阿花的影子。我想是因为主人没在家，阿花可能到处撒野去了。我便站在屋前大声喊它的名字。因为我从《十万个为什么》中知道，狗的听觉是人类的好几倍，嗅觉是人类的百万倍，气味定位的准确度高、方向感强，阿花听到我的声音绝对会狂奔回家的。想不到一个小时过去了，依然没有阿花的踪影。我检查了阿花平常睡的地方和狗洞，还有它喝粥的瓷盆，都没有刚刚睡过、爬过、舔过的痕迹，瓷盆甚至长出了厚厚的一层霉菌。我感到大事不好：阿花一直没有回来！

傍晚的时候，我们拿了一包从父亲工作的县城买的海产到村里老屋旺丁叔家吃饭。旺丁叔婶见到我们很惊讶，旺丁婶还转过身去流了泪，转回来时眼睛又湿又红。乡亲们见到我们好兴奋，像好几年没见一样，问这问那，母亲都一一告诉大家。看家狗阿黑也高兴地围着我们不停地摆尾巴。还是旺丁叔敏感，发现没有阿花，便问："阿花呢？"

我说："旺丁叔，我正要问你呢。你说过要照顾好阿花的。"

旺丁叔说："阿花一直没有回来呀！我一直以为跟你们去县城了。"

母亲把阿花上了火车到下一站又被赶下去的情况告诉旺丁

叔婶。

旺丁叔拍着自己的大腿说："没啦！没啦！阿花没了！"

我也很自责："真后悔我没有和阿花一起下火车。"

母亲说："不关你的事，你才几岁呀？能让你下车吗？当时我对阿花还是有期待和信心的。再说我们不是惦记着你爸吗？好不容易半夜三更坐上一趟火车，下车不是明智的选择。现在只盼奇迹出现。"

我再次自责地说："列车员阿娟说过，要么丢了阿花，要么丢了她的工作，现在是前者。我宁愿选择第三者，我和阿花一起下车。如果有后悔药可吃，我宁愿把它吃了。"

母亲说："你这是事后神仙。现在神仙也帮不了你，只有盼奇迹出现。我看过一部电影，有一只狗失踪了六个月，最后也回到家里。相信奇迹吧！"

母亲看的书多，我很崇敬，所以我觉得我是事后诸葛亮，没啥意思。于是，"相信奇迹"成了我们的期待。

叔伯们为母亲和我建的房子在左边的村口，山脊的末端，也算居高临下。村里的客家大院面朝正东，远眺长垌街和远山，母亲和我住的房子朝南，不远处是大队部和田垌中别的村子。房子东面是一个几十吨重的大石头，有一米多高，面上平坦，四周圆润，就靠在房子边上，上下都十分容易。房子瓦顶上的一条条横梁是用杉木和楠竹错开架上去的。那些楠竹如果刚好切割到没有节的地方，就会有一个圆圆的大洞，几乎每个洞都有小鸟衔一些干草在里面做窝，还产过好几窝蛋，孵出了小鸟。我爬在大石头上掏过几次鸟蛋；也张开五指用手挡住洞口抓过小鸟，然后将小鸟放在一个铁笼子养，并放上水和小米。但小鸟野性难驯坚决不吃不喝，不断用头撞铁笼子，撞得头破血流也宁死不屈。无奈我只好把小鸟放了。我以为今后就可以相安无事了，谁知道我不掏鸟窝，却有一条小蛇钻到鸟窝里把雏鸟和鸟蛋吃了。我只好点了火把塞到竹洞里，把小蛇熏出来打死，为鸟除害。

大石头也居高临下，下面十几米的地方是一条由乡村公路分岔进来的机耕路，约两米宽，可以行走手扶拖拉机。这条机耕路一直贯通到不远的大队部，晚上电影散场的人流就通过这条机耕路回到各自的村子去。大石头顶部呈不规则的平坦，面积约有两平方米，坐在上面可以看到公路、学校、大队部、长垌河、公路桥、水电站（碾米房），远眺甚至可以看到长垌街。所以经常有小孩子爬上大石头顶玩耍。而这些天大石头变成了专属我读书的地方。

在这里可以看到乡村公路进来的岔路口，于是我抱来了许多图书坐在上面阅读，不时看看公路与机耕路交会的路口，希望看到母亲说的"奇迹"出现：阿花从那里回来。

等待是一种煎熬，尤其是一半希望一半失望的等待。我看了《两个小八路》《微山湖上》《野妹子》《小树苗》，没见阿花回来；又看了《小布头奇遇记》《黄鼠狼打猎人》《乌鸦兄弟》《小马过河》《蜗牛搬家》，还是不见阿花的踪影。眼看新学期要开学了，我对等待有点失去信心了。

最痛苦的是在家里过了几天没有阿花的日子，特别是在万籁俱静的夜晚，屋子外面有点动静，阿花会汪汪地从狗洞冲出去，绕着屋子巡查一遍，那偷鸡的黄鼠狼、偷香蕉的毛贼也不敢前来光顾。幸亏鸡窝已经放在柴房里，那里没有狗洞，黄鼠狼来了也只有干着急。毛贼已经把香蕉偷了，再没有什么好偷的了。

一天吃晚饭的时候，我对母亲说："我把书都看完了，怎么阿花还没回来？"母亲说："《十万个为什么》也看完了？"我说："就它没看完。"母亲说："我想你肯定没看完。看了几万个了？"我说："五万。"我知道自己大概看了一半，就当它五万个为什么吧。

母亲又说："明天不要等了，我想你等也是在等待戈多。"

我听得玄乎其玄的，便问："什么戈多？"

母亲说："就是什么也没等到。"

我没好气地说："够荒诞的。明天继续等，就算我在织一件皇帝的新装好了。"

晚上睡觉的时候，我屈指数了一下，从阿花被列车员赶下火车那天算起，今天是第二十五天了，估计是凶多吉少了，想完便吹灭煤油灯睡觉。刚刚睡着就做了个梦，梦见饥肠辘辘的阿花在一个陌生的村子里被一群狗追赶撕咬，阿花寡不敌众，逃跑到一条河边跳到河里，急得我"阿花！阿花"地大叫。母亲把我摇醒："梦想与现实只有一步之遥。明天阿花就回来了。换个思路，继续睡做个好梦。"

第二天下午，我又坐在大石头上，一边啃《十万个为什么》，一边等待阿花回来。傍晚时分，母亲叫我吃饭。我朝公路和机耕路的岔路口看了一眼，准备下来吃饭。突然在朦胧的暮色下，见到有一个熟悉的影子向家里赶来，我的心都要跳出来了，便赶快跳下了石头跑过去。果然真的是阿花！阿花也认出了我，拼命扑过来，把我的脸和脖子都舔了一遍，还不停呜呜地叫，不知道是因为见到主人而激动，还是因为过去的二十六天的艰辛而悲伤。我高兴得把阿花抱起来，感觉轻了五六斤。我把它放在肩膀上扛着回家，母亲见状也激动得抱着阿花从头摸到脚，把手给它舔个够。我赶快把阿花的专用瓷盆洗干净，母亲做了两碗鸡蛋粥给阿花吃。吃完鸡蛋粥，阿花又扑在我身上，这时我才发现，阿花的背上、腰部和后腿都有伤疤，尤其是右后腿有一个已结痂的大伤疤。这些伤疤里记录了什么，我不得而知，但深深地印刻在我的心里，也成了我心中一直的追问。

旺丁叔婶俩见到阿花也异常兴奋，旺丁叔说自己见证奇迹了。乡亲们也称之为山乡世代遇见的第一次奇迹，不可思议。这也可能是众乡亲期盼和祈祷的结果。而阿花是怎样回来的，这二十多天究竟发生了什么，一直是大家心中的一个谜。

等了二十六天，终于盼到阿花回家。这个奇迹不仅让我和母亲、旺丁叔婶，甚至连其母亲阿黑也喜出望外；乡亲们更是将这一"奇迹"当作"口播新闻"传遍四乡。成为"口播新闻"主角的阿花却充耳不闻，沉睡了好几天，还经常做噩梦，梦中叽里咕噜的，不知道在说什么。

我认为阿花一直闷闷不乐地沉睡，是它身心疲惫的体现。我在它睡的地方铺上了一层厚厚的干稻草，但软绵绵的稻草也无法给阿花解困，白天晚上它睡觉时依然经常呜呜地叫，有好几次从稻草堆上弹起来又睡下。这二十多天的回家路上发生了什么我不得而知，我猜它在重演艰难回归路上的噩梦。

吃晚饭时我把阿花睡觉的表现告诉母亲，让阅人阅卷无数的母亲给个答案。谁知道母亲进了睡房，从衣柜的衣服深处里拿出一本用画报纸包得严严实实的书给我："答案在里面，你自己去找。"

我翻开这本被包得严严实实的书，发现是本繁体字的旧突然在朦胧的夜幕下，见到有一个熟悉的影子向家里走来，我的心都要跳出来了。

书,很多字靠猜才懂,这个"懂"可能得益于当老师的父母亲,让我认识比较多的字。书名我倒猜出来了,叫《梦的解析》,作者的名字更是怪怪的,叫弗洛伊德。我没好气地说:"这是什么天书?我看不懂。"

母亲说:"这是一本解释梦的著名心理学著作。你不是要帮阿花解梦吗?只准在家里看,不能带去学校。"

我觉得这本"天书"是我阅读的"绊脚石",便没好气地说:"我在家里也懒得看,还带去学校干什么。"说完突然想起一个问题,"这是解人的梦还是解狗的梦?"

母亲说:"梦是一种意识形态。日有所思,夜有所梦。你联系阿花最近的经历来看这本书,答案就有了。"

母亲有本事当老师和校长,还是有根据的。按照母亲的提示,我硬是把这本什么弗洛伊德著的《梦的解析》的"奇书"半懂不懂地啃了下来,找到了几个类似阿花近段时间经历的答案:

"每一个梦都起源于第一种力量(欲望),但受到了第二种力量(意识)的防御和抵制。"

"即使是内容痛苦的梦,也可以用欲望的满足来解释。这一类梦的解释,肯定会牵扯到很多我们不愿意讲出或者不愿意想到的事情。"

"每个人都有一些隐私,不愿意告诉别人,甚至自己都不愿意承认。但是如果出现在梦里,就绝不仅仅是偶然事件的巧合。梦中唤起的痛苦感情,正是为了阻止我们提及或者讨论那些痛苦的事情。"

"入睡前,思想中的批判功能减弱,使很多杂念涌上心头,从而改变了我们的精神意念。这种批判功能的减弱,往往是由困倦引起的,此时那些心头杂念也就相应地变成了人们感知上的幻觉了。"

"某种内容使第二种力量感到痛苦,同时又满足了第一种力量的欲望,这种内容就会反映为痛苦的梦。这也就回答了为什么痛苦的梦里也体现了欲望的满足。"

弗洛伊德并不认识阿花,但正如母亲所提示的,书本的解释却又能与阿花的梦对号入座,所以这部伟大的著作能够成为经典,为当下与未来的读者所趋,不服不行!我也不能不叹服这位叫弗洛伊德的著名心理学家为"伟大的作者"。但是阿花在这二十六天的回家之路究竟经历了什么,我仍然不得而知,依然是未解之谜。

第九章 『而立』之礼

在阿花的『而立』之年,我送给它的『而立』之礼是探究当年二十六天归家的谜团。在思维上这是一个已知与未知的探索,阿花和我却殊途同归。母亲称之为『等待戈多』,我却矢志不移。

阿花回到家里,身体还是很虚弱,走路时右后脚不太肯着地,双后腿还不能同时跃起来,更不用说扑出去了;睡姿由原来趴着随时准备出击的样子,改为侧身躺在地上。母亲分析,一是营养不良导致体力不支,二是右后腿内伤没有痊愈。我们把该自己吃的鸡蛋煮成鸡蛋粥给它吃,还隔三岔五买点猪骨头放在粥里熬给它吃。毕竟是一只年轻的狗,经过如此调养,阿花的身体恢复得很快,身体各种机能也渐渐恢复正常了。

新的学期年又开始了。上级对母亲半年来的教学业绩给予了充分的肯定,将其转为民办教师,待遇从十二元补贴升为二十五元工资加上村里记50%的人头工分,还有二十斤粮票和村里分半个人头的稻谷。母亲教五年级的算术,已经教到分数的加减乘除了。五年级虽然也是小学,但已经是高级小学,俗称"高小",所以在山顶课室里上课。中学虽然都叫中学,却也分初中和高中,即初级中学和高级中学。在乡村里,高中毕业已经可以称为"知识分子",也叫"知识青年",简称"知青"。有时候阿花也带我去看母亲上课,往往是我把母亲换下来没来得及洗的衣服给阿花闻一闻,拍拍阿花的头说:"阿花,走!"阿花便带着我从山下小学课室边上的阶梯上到山顶,然后它仰起头辨别一下气味的方向,径直找到正在上课的母亲。我和阿花趴在课室的窗户上,一起当高小课程的"旁听生"。

时间就像坪塘火车站火车下的那红色的巨轮,飞快地转个不停。我很快就读到了高小,母亲当了我的班主任和算术老师,时间也到了1971年。学校每个学期都有农忙假,上课时间中劳动课占时也不少,但正常的课程还是可以完成的;加上这两年学校开始重视考试成绩了,小学毕业时,我以全校第一名的成绩升上了初中。

时间转眼过了四年半,阿花已经长到了人类的三十岁(狗的一岁相当于人类的七岁)的"而立之年";我也长成了"小大人",马上要上初中了。这个时候,我想到要送给阿花一份"而立"之礼。

读了弗洛伊德的《梦的解析》,我只知道阿花梦里的"所以然"而不知道"其然"。这是我一个心结,就像一块巨大的石头压在心里，上课时走神，走路时踩到小沟里，折磨得我日不思食、夜不能寐。我又翻出那本包得严严实实的"天书"——《梦的解析》，却无法对号入座找到我心里的答案。所以我想到了从送给阿花的"而立"之礼里找到答案，得出解析。

母亲不同意我的决定，认为这是在做一件比"等待戈多"还荒诞的事情，是在织一件"皇帝的新装"，并强调这件事情的成功概率，比做升学考试数学试卷最后拉开学分距离的那道综合性高分题还难十倍！

晚饭的时候，母亲把一块煎鸡蛋夹到我的饭碗里："把鸡蛋吃了。所谓见证奇迹这种荒唐的事没得商量。"

我把鸡蛋夹回盘子里："鸡蛋可以不吃，见证奇迹不可不做。"

"你这小子！你决定的事情就是不可商量？"母亲又把鸡蛋夹给我。

"你带我回来这山沟沟和我商量过吗？"我也不示弱。我心想，我已经小学毕业，下学期就是初中生了。我有决定事情的权力。

"回来是你自己同意的。"母亲想一剑封喉，让我无话可说。

"我是给你骗回来的。一碟卷粉、一块五香扣肉就把我骗回来了。回来后那驼背二哥的卷粉扣肉店也没有了。你没说过这里没有新华书店，没有图书馆和电影院，也没有告诉我每天下课后还要上山砍柴。晚上还要在煤油灯下挑脚底的刺，寒暑假、农忙假、星期天还要下地劳动。也没说没有电灯要点煤油灯，没说过在这里夏天没有鞋穿。"说完之后，我也很吃惊怎么说了这么多。但我的确在干这些又苦又累又饿的活的时候，还想着城里正在看电影、上图书馆、满街玩耍的哥哥姐姐和曾经的第一小学的同学们。

我把憋了多年的话像倒豆子一样一下子全倒了出来。母亲被我连珠炮似的话语震惊了！她知道我的智商不亚于哥哥姐姐们，便反守为攻："好呀！你长大了，翅膀硬了，会顶嘴了。你有本事不认我这个妈，把我生你时候的那六斤肉还给我！"

我这个时候才知道我出生时刚好六斤重。我清楚这个时候还不了那六斤肉给母亲，即使长大后有可能把那六斤肉还给母亲，也只是顶嘴的话罢了。我只好反问："你生我的时候经过我同意了吗？"

母亲被我这脑筋急转弯气坏了，说："你能来到这个世界，是物竞天择的结果，没这机会的是大多数。"

我明知故问："这是谁说的？"其实我在《十万个为什么》里早已知道答案：物竞天择，适者生存，优胜劣汰。

"达尔文！"

母亲说完，开始默默地吃饭，也许她在为我刚才的话吃惊，也许她觉得与哥哥姐姐相比，亏欠了我点什么。

话题的结论在无声中形成。母亲转而为我准备行装。

我觉得母亲也许在为我的话而伤心，便换了个话题，说："我升学考试不是双百分吗？你出一道比升学考试综合高分题难十倍的求解题给我，如果满分，您就让我去。怎么样？"我暗地认为这次见证奇迹就是我手中的命运蒲公英。

母亲说："我知道只要不超出教学范围，多复杂的综合题都难不住你。不过你这是冒险的行为。"

我对自己的决定还是十分执着："您就当我去做一道比升学考试难十倍的综合题吧。这是您喜欢的。"

母亲知道我对此事已经毅然决然，不再说什么。

虽然母亲对我的管理教育属于"放羊式"，我有想法就去干，只要干的不是坏事。但对这次"见证奇迹"之行还是有所担心，因为这是一件不可预见结果的冒险的事情。而在母亲的担心之下，我又悄悄地干了件令她更为担心的事情。

在一个酷热的下午，我从山上砍下来三根六七米长的大楠竹。这些竹子农村人一般是用来做盖房子的横梁的，家乡人又把它称为桁樑子，当盖房子的杉木梁子不够用的时候，就用它来代替；或者用来盖柴房、猪圈子那些要求不那么高的房子用的。母亲见状便问："是不是要为阿花盖个房子？"阿花好像听懂了母亲的问话，冲着母亲和我不停地摇尾巴。我摸着阿花的头说，不是，到时候你就知道。母亲知道我的性格，也没有再问。

我找来尺子和锯子，把三根楠竹锯成各两米长的九根竹段子，而且两头都是竹节的位置，然后放在房前架起来晒干。阿花经常跑到竹架子下面躺着乘凉，以为这就是它的新房子。

不到半个月时间，烈日就把竹段子烤干了，青绿带黄色的竹段子变成了白色的竹杠子。我又砍了两条薄皮的单竹，破成长长的竹篾，把九条竹段子拼在一个平面，每隔半米编扎起来，然后再缠上几圈铁线。母亲见了觉得奇怪："你是在做一张竹床子吧，怎么又扎上铁线呢？"

我把"竹床"扛在肩上试了试重量，感觉比刚刚砍下来的时候轻了一半以上，便给母亲卖了个关子："这样睡觉时就不会掉到床底下了！"

出发的日子越来越近，母亲把对我的担心转为为我做行前准备。母亲把准备中秋节、重阳节用的十斤糯米泡了，又用黄豆壳烧的灰过滤出灰水，把糯米泡在里面，这样等泡出来的米变成碱性的金黄色，再用粽子叶包扎起来，放在锅里煮十二个小时。母亲说这样的碱水粽子在常温下放三十天都不会变质。母亲让我带上二十个粽子，说这够我和阿花吃上一个星期了，还为我们准备了装水的行军壶、一些急用药物、雨衣毛巾之类的东西，还有二十元钱。我则准备了一张地图、一条带钩的打狗棍、一支强光手电筒和两对备用新电池。背包装得满满的。

终于到了出发的日子。上午11点出门前，母亲又把她的手表递给我："记得每天定时拧发条上足链，注意掌控好时间。"

我想也没想就把手表还给母亲："我不需要，也怕它掉到水里了。"

母亲还是把手表塞给我："别误了点，火车是不等人的。你不是带有雨衣吗？怎么会掉到水里？"

我指屋前空地上那张"竹床"："它可不知道你的手表的贵贱。而我带有一把日影尺，竖在地上看日影就知道大概几点了。"

母亲这时才恍然大悟："难道你和阿花要坐竹筏去火车站？"

我得意地说："猜了三次才猜对，还是老师呢。"我没把"别误人子弟了"说出口。

母亲反将我一军："你不知道长垌河在去火车站半路有条大坝吗？你们怎么过？"

这个大坝我是印象深刻的。有一次我和母亲去坪塘火车站，在半路上的老圩卷粉店吃香油卷粉，突然听到"死人了！

死人了"的叫喊声。大家跑出去一看,不远处的大坝边上的碾米房门口放着一担稻谷,满头米糠的碾米员说,一位五十多岁的老伯担着一担谷子到门口,可能因为身子热得受不了,放下担子就一头扎进水里了,二十多分钟还没上来。碾米员说完就跳进水里,但把那人捞出来的时候已经回天无力了。大家猜这老伯肯定是一热一冷身体抽筋无法自救溺死了。

我对母亲说:"办法我想好了,我扛着竹筏扛到大坝下游不就行了吗?"

母亲还是把手表塞给我:"我这是防水表。只要你不把它丢了就行。你那日影尺遇上阴天和晚上就不灵了。我这可是24小时都准确无误的。"

作为女人的母亲,手腕和我的一般粗,因此我戴上她的手表也挺合适的。为了不让我的大行李包被水泡了,母亲找来一块尼龙薄膜,严严实实地把它裹上,外面还加了个大网袋以方便我提着走。

这时候旺丁叔婶带着二狗、三狗和阿黑一起来为我和阿花送行。旺丁叔扛着竹筏,我肩上搭着行李袋,大家一起走到学校边公路旁的长垌河大水潭。这个大水潭清澈但不见底,深蓝色的河水告诉人们这里深不可测。这里对于旺丁叔和我,都有令人唏嘘的记忆。每年旺丁叔婶都要来这里祭拜大狗,而阿花又曾在这里救了二狗,我在这里也曾和死亡擦肩而过。但现在不是回忆这些往事的时候,大家的送行就是祝福我和阿花一路平安。当旺丁叔把竹筏放到水面的时候,公路上路过的人们也都停下来向这里看,他们是在看新鲜、看热闹,我则觉得他们是在为我和阿花壮行。我和阿花正要出发,又突然停下来。我跑到河边的树丛里,找出那个胀鼓鼓的足球,装进行李包的网袋里,我说:"我和阿花都会游泳,就是它(指行李包)不会。"母亲也说这是我的"急中生智",会一路顺利的。我想这个足球也是我紧急情况下的救生设备。

阿花坐在竹筏的头部,我坐在竹筏的中间,行李包放在竹筏的后端,还扣在竹筏的铁线上。我用打狗棍当作筏的撑杆,将竹筏撑出水潭,竹筏一遇上急流便往下游冲去。我急忙向大家挥手道别,在大家"一路顺风""一路平安"的祝福中一路前行。

我和阿花坐在竹筏上顺流而下,两岸风景匆匆而过,而且自己不用费任何力气,就一步一步地接近目的地。世界上这样便宜的事情也有!正在我得意的时候,竹筏已经到达一个叫"羊鼓嶂"的地方。

这个"羊鼓嶂"是长垌河流往九川江必经之地,山势险峻,河道一下子由五十米宽缩窄到十米左右,而且两边都是悬崖。这条五百米长的河段用"水流湍急"已形容不了,但再也想不出更贴切的形容词了。我的脑海浮现出《十万个为什么》

第九章 "而立"之礼 | 123

在大家"一路顺风""一路平安"的祝福声中一路前行

里那个黄河壶口瀑布的描述，虽然没有机会目睹，但是我觉得这就是我心目中的壶口瀑布了。竹筏伴着水流颠簸前行。如果将前面顺水而下时的竹筏称为"摇篮"，将水流的响声称为《摇篮曲》的话，这段竹筏倾角可达八十度角的行程只能用"颠你没商量"和"虎啸狮吼"表达了！在这个河段，我紧紧抓住竹筏，阿花也紧紧地趴在竹筏上，行李袋则晃来晃去地跳跃着。阿花给颠晕了，对着悬崖和急流不断怒吼，它以为要山崩地裂了。

我和阿花没掉到水里已经十分幸运了。我正在想"前面已经是一片坦途了"的时候，阿花在竹筏的前头不断对着前方"汪汪"地叫。我定睛一看，噢！前面的河水变成了泥黄色，还漂来一只死猪。原来这里刚刚下完一场大雨，前面天空的乌云正逐渐远去。河流的水面一下子由五十多米拓宽到六七十米，再也看不到清澈的水面了，我那一米五长的打狗棍再也探不到河底了。这样陡增了前路的风险，本来想过了险滩后幻想着《摇篮曲》休息一会儿的想法也变得无影无踪。真是人算不如天算，昨天晚上广播预报今天有雷阵雨，我想顶多也就披上雨衣洗个凉水澡，谁知道遭遇的却是大暴雨甚至是特大暴雨。暴雨后的河流变成一片汪洋，竹筏前进的速度更快了，一下子就到了老圩那条大坝跟前。远处望去，大坝已经被洪水淹没。洪水正漫过大坝顶向大坝下方猛灌，奔腾的洪流下灌时落差很大，发出震耳欲聋的巨响。我想这下子完了！非葬身于坝底不可。我这时也是急中生智，想过学校上劳动课修水库时每个水库都有一个泄洪闸，遇上山洪暴发就开闸放水，以释放水库大坝的压力。我想山里的水库如此，河里的大坝也应该同理。果然发现水坝的左边有一个比水面低一米多的十米宽的缺口，这就是泄洪口，但不是泄洪闸。它的作用是让河水不要高于坝面，漫过两岸把农作物泡了。我赶紧将竹筏向大坝泄洪口划过去，谁知道那里的洪水更深更急，因为整条河道的水都汇聚到这个泄洪口往下灌了！可怕的一幕发生了。当竹筏冲到泄洪口跟前，巨大的洪流把竹筏送到泄洪口，九十度角的落差一下子把竹筏和我们直插坝底。我在水下拼命地用双脚不停地踩水，用手掌左右轮番往下压水，最后被洪水冲到离大坝二十多米的地方，终于浮出水面。我浮着头四处寻找阿花和竹筏，原来我和阿花、竹筏都分开了十多米，阿花拼命往我这里游，然后拖着我一起往漂走的竹筏游去。终于游到了竹筏边，阿花先跃上竹筏，用嘴巴把我拖上去。我和阿花一下子摊在竹筏上，任其漂流。幸亏那些行李还在。

有言道：大难不死，必有后福。水流湍急的长垌河，把我和阿花提前送到了坪塘火车站。在火车站旁的九川江岸边，我把湿透了的衣服换了，把行李包放在草地上，把衣服也晾在树权上，不到半小时所有东西居然都晒干了。这时候我和阿花各吃了一只粽子，觉得比那香油卷粉和五花扣肉都好吃多了。

下午两点半钟，我和阿花到了坪塘火车站。我在售票处买了一张全票价，发现自己已经可以从售票窗口看见售票员了。这时候我才感觉到我已经不是儿童、不是小孩，已经长大了，再也没有机会享受儿童票了；因为不是假期坐火车回家，也无法享受半价学生票，只有老老实实地当个"小大人"。我和阿花顺着梯级上到站台，站长和接车员见到我和阿花都很热情，他们也很喜欢阿花。阿花也像见到熟人一样摆尾巴。站长见到我只身一人背着个大背包，以为我要远行，便说："前几天才见到你爸和你哥哥姐姐回县城去了，你是要去那里吗？"我把我的"行动计划"告诉了站长，他说："我虽然惊讶，但表示支持！支持你探索未知的那股精神。"

站长说话间列车就进站了。列车员阿娟打开车厢门下车剪票时，见到阿花也很兴奋，说："阿花，好惦记你啊！"她没说完，阿花已经跳上火车了，急得阿娟赶快剪完票，上车要把阿花赶下车。这时，接车员已经吹响哨子，正用右手挥舞着绿色的旗子画了三个圈，通知火车司机要开车了。阿娟只好赶快关上车厢门。回到车厢，阿娟对阿花说："阿花，你上来了，我可要下去了。操作违规要丢工作的啊！"我说："这是意外发生的不可控事件，你事后及时处理，下一个站马上赶我和阿花下车。"阿娟说："这可是你说的,那我就不客气了。"

列车行进了四十多分钟,就到了"下一站",阿娟打开车厢门,见到我和阿花在车厢门口,好像又动了恻隐之心,说:"你和阿花真的下车?"我说边说边递上车票:"真的。我从不食言。"阿娟看了车票仿佛大彻大悟:"原来是这样。看我大意成什么样了。"她是说她自己剪票让我上车时没长眼睛。

下了火车,车站的接车员见到阿花也很惊讶:"又见到你了。几年前你在站台上等了三天,最后失望地离开。"接着又对我说,"当年是等你吧?我那天晚上我看见你在火车窗口打着手电向它招手。场面印象很深啊!那三天我还给它喂粥了。"我对阿花说:"阿花,你遇到了好人。快谢谢恩人。"听了我的话,阿花向着接车员不断摇尾巴,还双前脚趴在地上向接车员行了个礼。

这个火车站也是个四等小站,建筑风格和坪塘火车站差不多,只是这段铁路和边上的田野处在同一高度,因此候车室、售票处、行李房、站台和调度室同在一个平面上,自然就显得大气一些。这里属于九川县另外一个公社,铁路再往西南方向延伸两个站,就到广东的河岸站了。

第十章 见证奇迹

母亲说见证奇迹就是"等待戈多",居然"戈多"也等到了,荒谬也变成了现实。阿花在创造奇迹,我在见证奇迹。

从火车站出来,我摸着阿花的头说:"阿花,我的任务完成了,往下就交给你了。"

阿花似乎听明白了我的意思,仰起头来向着天空闻了闻,又呜呜了几声,便开始带着我在铁路上奔跑。我看了看火车站,又看了看地图,阿花是朝着刚才火车来的方向走的,方位是对的,沿着铁路走六十公里,那里就是坪塘火车站。这样选择,是因为阿花五年前走过这条路,还是因为地球磁场对阿花的作用,我不得而知。

走了大概一个小时,我看了一下手表,已经是下午5点多了。我和阿花都已经饥肠辘辘。中午12点从家里出来到现在,我和阿花都只吃了一个粽子,我有点后悔没在老圩卷粉店吃一碟香油卷粉。我在铁路边找个地方坐下来,喝了口水,也从行军壶里倒了点水给阿花喝。我又吃了一只粽子,阿花望着粽子，条件反射地咽着口水。我给它闻了一下，但不给它吃，这反而增加了它的饥饿感。我说："阿花，你得自力更生，要不就会饿死的。命运掌握在你的手里，我只是个旁观者。"看到阿花饥肠辘辘、无可奈何的样子，我想起母亲鼓励我努力读书的一段话："天将降大任于斯人也，必先苦其心志，劳其筋骨，饿其体肤，空乏其身，行拂乱其所为，所以动心忍性，曾益其所不能。"当时我不懂这是什么意思，母亲又卖关子不告诉我。等到暑假父亲回来后，我才知道是我们中国上古时代一个叫孟子的人说的，出处在《孟子·告子下》第十五节里。我想，上古时代能流传到今天的金句，用在阿花的身上也十分贴切的。

阿花见我吃完后把粽子收了起来，很无奈地低下头，又带我出发。这次阿花不再走铁路，开始往田野里的村庄走去。这条铁路基本上是沿着九川江走的，河流弯曲处偶尔有个小村庄。我跟着阿花走，有时候用打狗棍扛着背包，以减轻背包在身上的负担，有时候将打狗棍当拐杖用，以减轻双脚的疲劳。到了村子附近，阿花变得谨慎起来，小心翼翼地往村子里走。我拿着打狗棍跟在后面。这条打狗棍是用山里的老赤梨木做的，就是乡下人用来做锄头柄和八仙桌四条脚那种木，不易被虫蛀，质地又硬又重，拿在手上有一种力量感。村里的土狗尝过它的滋味后，见到它都闻风丧胆，避而远之。

我跟着阿花来到一个农村院落屋前，阿花并没有往正门走，而是从一个偏门走了进去。按照客家围屋的建筑布局，里面应该是猪圈。我进去一看，果然是一排猪圈，屋主刚刚给猪喂了红薯藤混搭米粥的饲料，那些猪正在津津有味地进食，阿花吃了几口，觉得不对口味，便离开了猪圈，走到隔壁的牛棚看了看。牛棚放了很多主人刚割回来的青草，这不是阿花的菜，但旁边还放了今天刚煮好的红薯，正散发着香气。这个正是阿花心头所好，在家里的时候阿花也去牛棚偷过红薯吃，因此干这事对于阿花来说算是轻车熟路的，一下子就吃饱了。

阿花刚吃完红薯正要离开，突然有一只大黄狗从门口进来，看来也是想来偷红薯吃的。这只大黄狗见到阿花，像发现了天敌一样，连自己想要进来干什么都忘了，大声地叫着扑向阿花，它觉得阿花侵犯了它的领地。看到这情景，阿花想逃跑算了，毕竟是别人的地头，好汉不吃眼前亏。但这个时候已经没有了退路，大黄狗叫来了五六个同伴，紧紧地围住阿花，开始狂叫和撕咬。我见势不妙，赶忙扬起打狗棍，用力猛敲打牛棚的木柱子，这些狗一下子给镇住了，它们面面相觑，不敢轻举妄动。阿花趁机夺门而出，这几只土狗醒悟过来后也冲了出去，在村外一块荒地上又把阿花包围起来，然后撕咬成一团。阿花寡不敌众，杀出一条血路奔向江边，一跃便跳进了江里。这一跳不打紧，水流把阿花往下游冲去，那可是离坪塘车站越来越远的地方。我想这下完了,便大声地叫:"阿花,快往岸边游。"那六只狗站在岸边的一块石头上,以胜利者的姿态看着被河流冲走的阿花。

这惊险的一幕令我惊呆了!阿花如果再往下游漂去几十米,前面就是一个险滩了。突然间,岸边撒出一张渔网,罩在阿花身上,慢慢地拖回了岸边。这原来是一个打鱼人。我跑过去对那人说:"快解开渔网,否则会把阿花困死的。"

那人边解开渔网边说:"原来你叫阿花。几年前的一幕今天怎么又重演了?你从哪里来?"

令我意想不到的是,阿花从渔网里出来,竟然趴到那人身上一边摆尾巴一边舔他的手。

看见这情景,我对阿花说:"阿花,你被撞晕了吗?"阿花并未理会,依然对那人感恩戴德。

我和那人坐在河岸边聊起来。那人说:"几年前的一个下午,阿花被村子里的一群土狗围攻追赶,阿花慌不择路地从岸上高处往河里跳,可能因为体力不支,砸在地上再滚到水里,是我撒网把它救上岸的。我把它抱回我的餐馆,为它上药疗伤,给它煮猪骨粥吃,住了五天之后,它回家去了。想不到几年后的今天又能见到它,而且知道了它的名字。真是缘分啊!"

我在江边用水洗了一把脸,顿时觉得清爽了许多。不过我闻到水里有一股淡淡的什么味道，就问打鱼人。他说这条江的上游是九川县城，那里的江边有一个很著名的温泉，这水里就有那股硫黄味，不过流到这里基本上都闻不出来了。打鱼人的提示让我记起父亲带着我和阿花穿过山坳抄近道去过一次县城，还在江边的沙滩上用双手挖出一个大坑。我和阿花在坑里洗了澡，那水温有四十多度，还有一股浓浓的硫黄味，阿花的鼻子敏感，连续打了几个喷嚏。难道阿花就是凭这股气味找到坪塘火车站的？

聊天中，我知道阿花的这位救命恩人叫袁叔，是村里一个餐馆的店主，每天下午都到江里打鱼回店里做给客人吃。我和阿花跟着袁叔来到一间叫"川江饭堂"的房子。我觉得这餐馆的名字怪怪的，怪得有点不可思议，就问了袁叔一句。袁叔只回了"一句话说不完"就去厨房忙碌了。此间的女主人宋婶正在招呼客人，阿花见了也扑到宋婶身上亲热一番。这真出乎我的意料。袁叔忙碌的第一件事情是倒一碗粥给阿花吃，好像把我忘记了。阿花也像到了自己的家一样，喝完粥居然趴在地上睡觉了。这真的让我有点妒忌，只好百无聊赖地看看这间名字奇怪的餐馆。

餐馆就在刚才阿花落水的村头，是一座三间泥房子——前面一间是厨房兼铺面。后面两间里一间是柴房兼储物间，里面还有一张木做的上下两层架子床；另一间是卧室，里面有一个床铺,蚊帐变黄了,可能是被炒菜的油烟熏的。这座房子独立于村子老屋之外,就在村道边上,河堤内侧,非常方便路过的人用餐;房子风格和不远的村庄的老房子完全不一样,没有客家民居的特点,就是实用。餐馆里有四张方形餐桌,条凳上坐了不少客人,有吃饭的,有喝酒的,更多的是抽水烟筒的;桌面上有切好的烤烟和火柴,都是免费为客人提供的,也陆续有些路过餐馆的人进来喝免费的米汤或开水,像进了自己的家一样。

这时袁叔给我煮了一碗香喷喷的猪肉汤米粉。一碗滚烫的猪肉粉下肚,我刚才的妒忌也烟消云散了。袁叔又招呼我到储物间的床上睡觉。我居然也像阿花一样睡着了,一觉醒来发现天已经黑了下来。

这时候餐馆已经打烊,袁叔、宋婶在煤油灯下准备吃饭。我从包里拿出五个粽子给宋婶煎来当晚饭主食,菜是袁叔今天在九川江里打的鱼,经过袁叔用紫苏烹调,味道比家乡长垌河的更鲜美。我边吃边赞袁叔不仅是网鱼的好手,也是做鱼的高手。谁知道袁叔的回应语出惊人:"阿花也是抓鱼的好手。"

我惊叹地摸着阿花的头说:"阿花,这个我怎么不知道?你还有多少事情没告诉我?"阿花不予回答,只是不停地摇摆着尾巴,表示对袁叔的话认可。

袁叔也把手放在阿花的头上:"这不能怪阿花,我当年还担心阿花摔到脑震荡,失忆了!幸亏它还认得我们。"袁叔告诉我,当年他用渔网把阿花从江里救上来以后,把它扛回到餐馆时,已经奄奄一息了。他找到乡里的兽医给它治疗,原来它内外伤都有:外伤是狗咬的,内伤是摔的。"阿花在柴房里一直躺了三天,白天晚上还做噩梦,疼得呜呜地哭叫。第三天开始才可以起来行走,还跟我到江里捕鱼。在浅滩上,阿花一口一个准,帮我抓了很多鱼。缘分啊!"

袁叔说得我双眼饱含着泪水。我觉得我要"见证奇迹"的决定是对的,否则阿花命运的故事又缺少了这么勇猛而悲情的一页。

夜里我和阿花就睡在储物间里,我睡在架子床上,阿花睡在芦草柴堆上。阿花睡着时偶尔呜呜地叫几下,有时整个身子抖一下,又睡着了。我很清楚阿花是在做梦,但做什么梦我无法想象。在这个陌生的地方,我回想着这个离家乡几十公里的房子外面的环境:屋子西边是一条铁路,前面是一条村道和江堤,在屋子里能听见江水冲击石滩的水流声。村里的狗叫声和江里的水流声夜里显得十分清晰,成了我疲惫身躯的催眠曲。在这异地他乡的夜里,我也做了一个梦,梦见自己上中学了,很多新同学,很多新课本,什么物理、化学、历史、地理的,以前都没接触过,新鲜得很,所以找了很多旧报纸把封皮包了起来,喜欢得不得了。

不过好梦不长，我在梦中被阿花"汪汪"的叫声吵醒。它正急着用爪子扒门要冲出去。我用手电筒照了一下母亲给我的手表，正是凌晨3点半钟。阿花要去哪里？隔壁的袁叔好像比我还了解阿花，过来推开门说："阿花要去追火车。"话没说完，阿花已经不见了踪影。

袁叔带着我打着手电筒也冲上了铁路，看到阿花正从一里外的铁路边向我们走来。

回到餐馆，我们已经睡意全无，干脆就在煤油灯下聊天。

我说："袁叔，你比我更了解阿花啊！"

袁叔吸着水烟筒，又是那句话："缘分啊！"

我觉得袁叔说的这三个字很有分量，已经说了多次，还是那么响亮，那么真情，那么天然。我十分奇怪，人犬之间怎么也会有这样感人的社会关系呢？很不可思议。

袁叔告诉我，这只花狗（原来他不知道它叫"阿花"，也不知道它来自何方）被救回来，村里很多人都来看过它，有些食客更是听到传闻专门过来的。有些人是来看热闹，有些人是对阿花表示关心，给阿花带来了各种食物。那段日子餐馆热闹非凡，食客络绎不绝。袁叔说的"缘分"可能与这也有关系。在大家的关心下，第三天阿花终于可以起来行走了。袁叔带着它在江堤上走路，下江里捕鱼。阿花觉得这里就是它的重生之地，这里的土壤、江水、人给予了它第二次生命，让它获得了重生,懂得了生命的意义和价值。在"重生"的前三天,有一个现象让袁叔迷惑:不论是白天还是夜晚,每逢火车从铁路上经过,它都要硬撑着身子要起来;到了第四天能行走了,每逢列车经过,它都要冲出去追赶;特别是下午3点半和凌晨3点半钟那两趟列车经过的时候,阿花反应更是激烈,硬撑着身体冲上铁路去追赶,而且望着远去的列车出神。

"我觉得这里面肯定有故事。但是我无法知道。"袁叔说到这里,声音有点哽咽。我想一只狗能在短短的几天里让一个人如此动容,应该是人间悲剧还是人间喜剧呢?我无法解释,一切答案都只溶化在"缘分啊"三个字和感叹号里。

我说:"阿花追赶的不是列车,是一种感情。"我把阿花几年前被赶下列车的故事讲给袁叔听,他听后一拍大腿,用农村人最朴素的口吻说了六个字:"怪不得!怪不得!"

讲完阿花的故事,已经是凌晨四点半了,反正睡不着,我便换了个话题,来个刨根问底:"袁叔,你的餐馆为什么起了个'川江饭堂'的怪名字?"因为我知道,父母能把我"骗"回农村老家,其中一大诱因是学校公路边那驼背二哥茅屋店里的香油卷粉和五香扣肉。回去半年时间,母亲就带我吃过三次。我口袋没钱的时候,也经常去那里看着别人吃,闻着那一股油香味,不断往肚子里咽口水。其实更多的是因为那里是一个信息集散中心,报纸被送到山村里,已经是隔天的了,而人传人的信息，既快又鲜活，比如乡里刚刚发生的事情，今天明晚哪里演戏（县文化馆送戏下乡）放电影，这里一清二楚，甚至我还在这里听完一部叫《薛仁贵征东》的小说。后来这个茅草卷粉店被公社工商纠察队给"端"掉了。所以我说母亲用香油卷粉和五香扣肉把我"骗"了回来。

虽然只有半天时间，我已经把眼前的袁叔当旺丁叔看待了。袁叔说，这个餐馆已经开十几年了，当初叫"川江餐馆"，生意兴旺得让人又爱又恨，爱的是袁叔的好手艺，餐馆的美味；恨的是袁叔赚的钞票，过着在别人之上的好日子。前几年工商所纠察队不断来找麻烦，聪明的袁叔好饭好菜好酒招待他们，所以他们也舍不得割掉心头之好。还是纠察队长想了个办法，让在九川江沙洲上的采砂队早餐和午餐在这里搭伙——那采砂队是集体所有制的，专门为附近四乡修桥补路和九川江兴修水利供应优质河砂。这里就变成了采砂队的饭堂。袁叔还听了纠察队长的劝告，将"川江餐馆"改名为"川江饭堂"。

我觉得餐馆的袁叔和那个纠察队长都绝顶聪明，各取所需，各有所得。阿花和餐馆的故事刚刚讲完，已经凌晨5点多了。这个时候，宋婶也起床了。袁叔只好中断话题与宋婶一起为采砂队准备早餐。后面趁着袁叔宋婶闲下来的空当，我把阿花这几年的情况和这次的计划告诉了袁叔，并提出了辞行。离开时，我给袁叔又留下了五只粽子。阿花趴在袁叔身上告别，情景让我动容。

离开村子的路上，我正想着阿花是如何凭这股江水的硫黄味找到坪塘火车站的。阿花却又带我走上了铁路，还穿过一个隧道。在隧道里遇上一列货车，我和阿花赶快躲进一个掩体里，阿花在掩体里对着列车"汪汪"地叫。隧道里比较阴暗，出了隧道，外面的天空比隧道里亮不了多少。刚刚走了几里路，前面乌云盖顶，大雨要来临了！此时这段铁路已经和我和阿花出发的那段不一样了。铁路高高在上，田野低下一截，四周没有村庄房屋，大雨来了躲也没处躲。我赶紧从背包里拿出雨衣，刚刚穿上，倾盆大雨就下来了。我在磅礴的大雨中看到前面不远处有一条村道横穿铁路，知道那是个涵洞，便对阿花说："快！到那涵洞躲雨。"

滂沱大雨把我和阿花赶进了铁路下面的涵洞。进得洞来，我才发现这个涵洞除了免除村民们翻越铁路的危险和劳苦，还左右各有一条小沟，让西边田野里多余的水可以通过涵洞流进东面的九川江里。原来这片小平原地势西高东低，铁路就像一条十几公里长的大坝，把铁路西边流往东面九川江的水拦住了；铁路下面一公里左右就建一个圆形涵洞，让人流和水流从涵洞里通过，既解决了村民们翻越铁路的危险和辛苦，又解决西面田野排水入江问题。不过如果洪水灌满了涵洞，人们也只能冒着大雨翻越铁路了。

涵洞真是一个避雨的好地方，又高又宽又大。洞里左边还有一个一米多高、两米见方的水泥小平台，可能是修理涵洞的工作台。我和阿花不管它是什么台，困顿得躺下就睡着了，洞外的电闪雷鸣和雨声简直就是一首催眠曲。躺了一个小时左右，中间我还做了一个我和阿花游历神州大地的梦。我梦见自己和阿花坐上绿皮列车一直往北，去我想去的地方，也就是我的蒲公英将要飘落的地方。列车一直沿着北上的铁路经过长沙、武汉、郑州、石家庄、北京、沈阳、长春、哈尔滨……我把车窗拉得高高的，任凭火车头飘落的煤渣、铁路上扬起的沙石打在脸上。从华中平原到华北平原，再到东北平原，一路看个够，还到达了中苏边境的满洲里，那是坪塘火车站地图上最远的地方。梦这个东西真好！日有所思，梦有所见，可以把现实中无法实现的愿望变成一种梦想体验，还可以穿越时空。不好的是不知做的是美梦还是噩梦。在学校午睡的时候，睡在书桌或条凳上的同学有的哈哈大笑，有的不停地惊叫，那肯定是做了不同的梦。有一个同学被同学的"噩梦"吵醒，气愤地拿起毛笔沾上墨水，在那位同学的两只眼睛周围画了个圈，据说这样就会安静下来，而且一梦不醒。结果恶作剧的同学除了向双眼被画圈的同学道歉，在全班同学面前认错，还被班主任罚站了一节课。

噩梦经常会被惊醒，美梦则希望越做越长。突然间，阿花的汪汪叫声把我从"神州游"的梦中吵醒，我却依然在梦中说："阿花别吵，我正做梦！"阿花见吵我不醒，便使劲用两只前脚爬我的脸。我忽然也感觉到浑身湿漉漉的，睁眼一看：完了！涵洞里大水漫灌了！

我和阿花被洪水围困在这水泥小平台上，而且洪水还在上涨，慢慢孤岛般的小平台也没在洪水中了。我对阿花说："我们得尽快离开这里，要不洪水没过顶，我们就完了！"但怎么样才能离开真令我束手无策。阿花突然向着前方洞口汪汪地叫，只见水面有一漂浮物，近了我才看清楚是块大门板，上面还趴着几只老鼠和一条蛇，估计也是借门板来逃命的。门板可能是哪个村子的土房子被洪水冲塌了漂下来的。我顾不了那么多，门板就是我和阿花的救命稻草。我用打狗棍钩住门板之后，用一只手拖住门板，另一只手则抓住打狗棍把那几只老鼠和那条蛇扫到水里，然后和阿花一起爬到门板上。洪水把我和阿花送出了涵洞，但是由于水流太急，想靠岸根本不可能，结果又被冲进了洪流滚滚的九川江里。这一冲不打紧，结果和长垌河大坝的泄洪口一样，同样来个九十度角直插江底，浮出水面时，那块门板已经不见踪影。我只好扶着阿花的脖子慢慢地浮游，这时候我那个行李包里的足球真的像救生圈一样把我托起，省了不少力气。

游着游着，突然阿花朝着上游一个漂浮物汪汪地叫了起来，等到那东西漂到跟前时，令我和阿花都无法相信：这竟然是我搁在坪塘火车站九川江岸边的竹筏！可能是江岸水位抬高后把它冲到江里漂下来的。这个竹筏太有灵性了，在江水无情的危急关头，顺流而下赶来抢救我和阿花的生命。但竹筏到了跟前，我和阿花才发现竹筏已经被别的物种占据了：那是一条"过山峰"（剧毒的眼镜王蛇）和两只田鼠，其中一只田鼠已经被"过山峰"叼在嘴里。我在水里，又背着背包，打狗棍用不上力，便边托起阿花上竹筏边说："阿花，把这家伙干掉！"阿花跃上竹筏，一下子咬住过"山峰头"部七寸的位置（民间有"打蛇打七寸"的谚语，阿花天生就懂这个道理），用力一甩，就把这条三米多长的毒蛇抛到急流里。这条凶猛的"过山峰"也命该如此，它吞咽的猎物（田鼠）正卡在它的喉咙里，毒液也注进了田鼠的体内，令它腾不出毒牙来战胜对手。贪婪成了它失败的恶魔。另外一只田鼠见势，也落水而逃了。阿花趴在竹筏上，用嘴咬住我的衣领，把我拖上了竹筏。

有些人生的际遇可能就是注定的，缘分像是约定的一样，命运经常会将毫无预见的东西紧密地结合在一起。竹筏的出现给了我和阿花生存的机会，但它前进的方向却偏离了我们的目标。我清楚地知道，继续漂下去，上百公里远的下游将是河岸水库，这座水库是专门为解决半岛的旱情而动用两万多民众来修筑的，经大运河漂下去将是半岛和出海口，再漂就是茫茫的南海了。

我越想越恐惧：得想办法靠岸，否则真是一去不返了，比那些漂流瓶还遥遥无期。

我只好拼命地往岸边划，由于洪水水流太急，靠岸是一件比登天还难的事情。大雨之后，江里的鱼都往岸边找避风港，所以岸边多了钓鱼、网鱼的村民。我和阿花的竹筏此时也成了这些渔民看热闹的焦点和目标，他们觉得我和阿花的竹筏就是一个"浪里白条"，居然敢于挑战暴发的山洪和滔滔江水。但是我和阿花的心境和这些渔民就完全不一样了：我和阿花是在想法子脱离险境，他们则以为我和阿花在浪里飞舟，追求刺激。我正在想办法如何找个水势平稳的地方靠岸的时候，突然间一张大网凌空飞来罩在我和阿花的身上，这张大网连整个竹筏都拉到了岸边。我和阿花被大网罩得动弹不得。

岸边的渔民们一哄而至，围着我和阿花看热闹，把钓鱼网鱼的活儿都忘记了。有人说："袁叔，算你运气最好，网到了两条大鱼！"这个被叫"袁叔"的五十多岁的老伯抖动着大网，把我和阿花放出来。阿花扑在这救命恩人身上，不断"呜呜"地叫。我用手擦了擦脸上的污水，定睛一看，便脱口而出："袁叔，是您呀！"原来老伯就是上午才分别的村里餐饮店的袁叔。袁叔摸着阿花的头，看着狂舔他手掌的阿花，

第十章 见证奇迹 | 145

我正在想办法如何靠岸的时候，突然间一张大网凌空飞来罩在我和阿花的身上。

说:"阿花呀!你好命呀!又遇上了我。我第三次救你了!缘分呀!"

我对袁叔说:"要不是您把我和阿花救了,我和阿花有可能会漂到河岸水库,顺着大运河漂到南海去了。"

袁叔带我和阿花回到他的餐饮店,换上了干衣服,又让我吃了米粉和白粥;阿花的待遇也不差,有白粥还有猪骨头。我边吃边把在铁路涵洞躲雨被洪水冲走的惊魂之旅告诉袁叔。袁叔说我和阿花吉人天相,大难不死,必有后福。

我还惦记着回程,就匆匆道别袁叔,又沿着铁路往坪塘火车站方向行走。这时上天碧空如洗,雨后的阳光把旷野变得碧绿剔透,视野开阔,视程深远。上午刚刚穿过的隧道虽然在远处,却清晰得像就在眼前。

这条逢山开道逢水架桥的铁路,钻进前面的隧道后,会让我和阿花的视野受限,看不见前方的列车。我心生一计,趴在铁轨上听听远处是否有列车过来,阿花也对着前方的隧道趴在铁路中间的石子和枕木上。想不到一个闪射着车灯光芒的巨型火车头鸣着笛正从隧道奔突而出,向我和阿花狂奔而来。我迅速跳跃到铁路边,阿花可能是本能地对危险的反应,竟然仰起头迎着奔腾而来的火车头狂吠。我急忙边打趴下的手势,边大声喊:"阿花,趴下!趴下!"阿花见到我的手势,立刻趴在铁路中间。一列巨龙般的货车轰隆隆地从阿花头顶上掠过。列车过后，阿花还沿着铁路"汪汪"地叫着朝轰鸣而过的列车追赶了几百米。

再次穿越隧道的时候，我惊魂未定地想着刚才巨型的火车差点就要了阿花命的惊心动魄的情景，心里很矛盾：阿花与火车究竟是一种什么样的关系？它看着列车把自己的主人带往它所不能及的远方，它对列车是充满怨恨的；但它曾几次在火车站站台上守候了三天三夜，希望主人能够从那绿色的列车上走下来，这种企盼又饱含着一种什么样的感情呢？我觉得用唯物主义或者唯心主义的方法都无法解释，即使当时给阿花做脑电图也不会有答案。

我和阿花再次穿过隧道。出得洞来，外面碧蓝的天空和刚才乌云密布、大雨倾盆相比宛若两个天地，真有点"洞中方七日，世上已千年"的感觉。

这时后面远处"呜"地响起一声长笛，我和阿花赶忙从铁路中间下到铁路边上。一列绿皮客车呼啸而过，阿花突然兴奋起来，起步追赶列车，直到列车在前面一公里处把它抛下。

当我一路小跑追上阿花的时候，阿花还在朝着列车远去的方向"汪汪"地叫着。它觉得它的目的地就在前面并不遥远的地方，怎么能够让这钢铁巨龙先行到达呢？阿花"汪汪"的叫声显然表达了它那不服输的态度。我和阿花继续沿着铁路小跑前行。这熟悉的铁道上的铁轨、枕木和石灰石的气味吸引着我们勇往直前。跑着跑着,阿花忽然停了下来,又朝着前方"汪汪"地叫喊。我把手搭在额头前,定睛远望,地平线处似乎有三个并排竖着的信号牌,那不是坪塘火车站吗?!

我和阿花一路小跑来到信号牌前,前面豁然开阔起来,铁路从一条铁轨变成三条铁轨,熟悉的站台、调度室、修剪整齐的冬青树就在眼前。

这个时候是下午2点50分,旅客已经在站台上等候上车,火车站站长、接车员正在等候列车进站。站长和接车员见到我和阿花居然从六十公里外的地方徒步回到了坪塘火车站,感觉昨天下午从这里送我和阿花上火车已经是很遥远的事情了。我告诉他们是阿花带我回到这里的。站长笑着说:"几年前它在我们站台上等待了三天,每一趟火车进站它都在站台上翘首以盼,把我们都感动了。我们喂了它三天米粥。阿花和我们建立了深厚的感情,从感情上说,阿花已经是我们坪塘火车站的一员了。"

站长说话间,列车已经进站了,车厢门刚刚打开,一个熟悉的声音响了起来:"阿花!阿花!好想你呀!"原来是列车员阿娟,她冲过来抱着阿花摸了又摸。忽然车上下来一个拿着相机的四十多岁的男人,对我们说:"我是江海省《摄影家》杂志的主编刘影。"说着还给我递上一个小卡片,"我要到半岛去采风。我刚才透过车窗看到了这一切。这个叫阿花的狗一定很有故事。我想给你们和阿花拍几张照片，等列车员回到火车上让她再给我讲讲阿花的故事。"征得我们同意后，他就举起相机咔嚓咔嚓地拍了许多照片。

我看了看手上那张新鲜玩意儿，上面有单位、姓名、职务、地址、电话。我对这位《摄影师》杂志刘主编说："阿花的故事是说不完的。因为它的故事一直在发生。"说完这些，我还感谢刘影主编给我和阿花那么多"留影"。

列车又出发了，阿花又追着那红色的巨轮飞奔而去，一直追赶着列车到了站台的尽头才停下来，它觉得这巨龙般的庞然大物真不可思议，可以轻易超过自己消失在远方。坪塘火车站已经是阿花十分熟悉的地方，它在这里生活过三个日日夜夜，当了三天"接车员"；当年虽然失望而去，但这个四等小站的人、事、物对于它来说，已经是那么熟悉与亲切。

回到站台中间，我和阿花与站长和接车员道别，开始踏上熟悉的回乡之路。经过老圩卷粉店时，本来想坐下来吃只粽子就回家，但禁不住那香油卷粉和五香扣肉的诱惑，却又舍不得荷包里剩下的钱。我突然心生一计，用我的粽子换香油卷粉和五香扣肉，再换一碗粥给阿花吃。

店主没好气地说："你简直聪明绝顶，绞尽脑汁。你用五只粽子换一碟香油卷粉、一块扣肉和一碗白粥可以，不过你还要给我三块五毛钱。"

我听了大吃一惊：白白没了五只粽子，还要再搭上三块五毛钱！这是什么天理？便对阿花说："阿花，我们进了黑店了。咱们走。"

店主说："走也可以，把三块五留下。"

我又对阿花说："快走，我们遇上打脚骨的了。"乡村这一带把拦路抢劫称为"打脚骨"。

这时候阿花有点反常，不肯离开，反而仰起头对着店主摇尾巴，表示认可店主说的话。店主拿来一个大碗放在地下，舀了两大勺粥给阿花吃，阿花居然一边摇尾巴一边两下子就把粥吃完了。店主又加了一勺粥，还加了一块猪骨头。我赶紧说："阿花，我没钱给，把你卖给店主算了，天天有粥吃。"

店主接过话说："几年前阿花在店里待了三天，吃了三天猪骨粥，后来每次送你们去火车站，回来路上都在店里吃一碗粥。这些我一直没告诉你。"

那么多年居然隐藏了那么大的秘密。我对店主说："你有证据吗？如果阿花承认这事，五块钱我都给。"我转身又对阿花说："阿花你说呀！"我想我兜里还有二十块钱，腰杆硬着呢！我相信店主绝对拿不出什么证据。

阿花看看我，又看看店主，我不明白是什么意思。我对店主说："别讹我了，最多我以后都不来店里吃东西了。"

店主说:"我可以不收你这三块五毛钱,但是你得认这事实。"我想这时候父母在场就好了,他们绝对能辨明是与非,但又转念一想,谁叫你坐火车都要买成人票了,你马上就是初中生了,你已经长大了。这个时候我想起家里养的那二十几只鸡,都是母亲用煤油灯将鸡蛋一个个照看过,有"头"(受孕)的才让母鸡孵出来的。小鸡每天晚上都钻进母鸡翅膀下享受着温暖,有些小鸡养到长翅膀了还往母鸡翅膀钻,或者跟着母鸡要虫子吃,结果被母鸡叮得皮伤毛掉,才懂得自立。我不能连鸡都不如,成为一个长不大的人。

我正想着,店主拿出一个账本,一页页翻给我看,上面记着某某时间、吃了什么、吃了多少、价格多少。我看了厚厚的一个账本,上面还按了很多手印。我说:"这都是别人的,你骗不了我。"

店主指着一行说:"这是阿花的。"

我仔细一看,上面真的不是人的指模,而像梅花一样,有点像猫狗之类的。这个记账法还是我平生第一次见到。我把账本翻开指着给阿花看:"阿花,这是你的吗?"阿花在不停地摇尾巴。我想阿花一定是在回味刚才那块猪骨头,被"收买"了。

这时店主拿来一个印泥盒子,让阿花蘸上红色印泥,然后按在账本上。我对照了一下,和账本上的一模一样。

店主说:"我记下来不是要收你的钱,而是要你见证我对阿花的一片心意。"

店主说得我脸红了起来。我赶快拿出三块五毛钱给店主,又拿出五只粽子。店主把粽子收了,说粽子很香,又把那三块五毛钱推回给我,说:"我说过这是我对阿花的一片心意,钱我不收。"

我只好转守为攻:"这三块五你得收下。要不以后我们全家都不敢来这里吃东西了,是你的损失,也是我们的损失。"几番推辞不下,店主才肯把钱收下。

从老圩卷粉店出来,我对阿花说:"阿花,该见的恩人也见了,该还的愿也还了。走!快回家吧。"

阿花不知道为什么,不为我的话所动,却朝着卷粉店后面的长峒河大坝走去,站在河岸对着大坝出神。可能它的脑海里又浮现出昨天洪水泛滥那惊险的一幕。我也对着大坝发呆。此时的大坝已经恢复了平日的景色:大坝被洪水洗刷得一干二净,清澈的河水顺着旁边的渠道流往人之所愿的地方,多余的则顺着泄洪口缓慢地流往下游,直至与九川江汇合。昨天的汹涌澎湃已经烟消云散。偶尔有几条鱼从泄洪口的下方跃上大坝的上方,有点像家乡过年门上贴的"鲤鱼跳龙门"的农民年画景象。我和阿花都觉得昨天已经十分遥远,但留在脑海里的那一幕永远也无法抹去。

第十一章 田野大学

阿花终于找到了自己的父亲,我也找到了一位神奇的老师。这位老师让阿花康复,让我进入学习模式。

天还没黑,我和阿花就回到家了。母亲见到我和阿花回来,自然喜出望外,笑着说:"我以为在等待的'戈多',居然都等到了。"我从背包里拿出一个小布袋,母亲认出是她缝给我的。我说:"这蒲公英一朵也没丢。昨天到今天发生的故事三天三夜也说不完。等几十年后再写出来。"

母亲说:"别扯远了,今晚就说。说一遍可以增强记忆。"其实我的心里清楚,临近新学期了,母亲晚上要在煤油灯下备课,哪有时间听我讲故事。她想听的故事就是"戈多",什么也没发生,平安无事。而我把荒诞变成了现实,把不可能变为可能,故事永远也说不完,因为它在永远地发生。但阿花在多年后还能从六十公里之外把我带回家,我依然在纳闷,后来的一个发现可能揭示谜底:不论在什么地方,阿花拉尿不是墙角(脚),就是树根,都是一些隐秘的地方,这样雨水就会冲不掉，那味道就长期留在那里，加上鼻子的高度敏感，就算只剩下丝毫味道，也能闻得出来。

阿花回来后好像一直闷闷不乐，躺在地上不肯起来，吃的东西也不多，晚上听到动静也不出去绕着房子巡查一周。我想是不是这次行动令它触景生情，勾起了它伤心的记忆。记忆这东西真是五味杂陈，美好令人兴奋，糟糕令人伤心。看到阿花这样，连我也郁闷起来。

旺丁叔来看我们的时候，阿花也没出去迎接，这简直是破天荒了。旺丁叔不仅做"猪中""牛中"很成功，对待其他动物也很有一套，简直就是一个畜牧医生了，他抱住阿花从头到脚一番摸摸捏捏后，突然语出惊人："阿花旧伤复发了！明天得找兽医给治疗。"天啊！我认为阿花是心理疾病，想不到竟然是身体疾病，母亲则说是兼而有之。我细致地回忆阿花在袁叔那个村子被十几只农家土狗围攻的过程，猛然想起阿花寡不敌众的情况下跳下九川江的情景：这次阿花跃入江里，虽然没有像第一次那样砸在石头上，但也落在浅水区的鹅卵石上才滚到深水激流中的，可能这个瞬间震到了当年的骨折部位。后来我才知道，狗是有九条命的，摔晕后一会儿就可以顽强地醒过来。

想着想着，我心里比旺丁叔还急！便对旺丁叔说："明天上午你和我一起带阿花去看兽医。你说得清楚一点。"

旺丁叔说:"明天不行。我要到长垌街做'猪中''牛中'。"

我清楚明天是长垌街的圩日,旺丁叔几乎从不缺席,不只是因为旺丁叔要赚点中介费养家糊口,更多的是长垌街猪牛市的卖主买主对他的期盼。虽然想到街口餐店的猪肉汤粉,我就垂涎欲滴,但阿花疗伤也事不宜迟,便说:"我不知道兽医站在哪里。"

旺丁叔说:"让阿黑带你去。"

我觉得聪明过人的旺丁叔又语出惊人。阿黑怎么带我去啊?

第二天一大早,我带阿花去找旺丁叔,阿花很不情愿才出了门。我多么担心旺丁叔一早就到长垌街做"猪中""牛中"赚钱去了。我想如果街上有"狗中"做,他肯定也是个行家里手。旺丁叔见到我和阿花,说了一句:"放心吧!阿花的病是番豆(花生)掰壳——还有衣(医)。"马上把看家狗阿黑叫来,拿一块脏兮兮的纱布给阿黑闻一闻,说:"阿黑!找它去!"旺丁叔又把纱布递给我:"拿着。这是从兽医站拿的。路上阿黑忘记味道了,再给它闻一下。"旺丁叔这个道理我是知道的,《十万个为什么》里说到,狗的鼻孔里有很多皱褶,经常用舌头让鼻子保持湿润,这些皱褶使它的嗅觉是人类的三百六十倍（很多人把它误认为是人类的几万倍）。

阿黑出了门口，像狼一样向着天空，闻闻味道辨别一下方向，就带我们出发了。阿黑顺着村子右边的小路穿过一片田野走了一里多远，来到一个低矮的悬崖边上，那里有几间土房子，其中有两间是只有半截土墙的。凸出的一间土屋门口挂着一块木板，上面写着"长垌乡兽医站"几个字。

阿黑不用再闻那臭纱布就带我和阿花找到了兽医站。我们进了挂着木牌子的屋子，里面有人出声问了一句："谁？进门也不打一声招呼！"一只高大的花狗走到了我们跟前，那人又说："大汉，你把我的东西弄倒了。"

声音是从另外一间屋子传来的，但进门这间屋子有个门口与传来声音的屋子相通。那个叫"大汉"的大花狗和阿黑居然亲热起来，互相摩擦着头脸和身子。我进里面的屋子后，见到一个四十多岁、戴着眼镜的男人正在用针筒从一头牛身上抽血，地上一个木筐子装的玻璃试管倒了一地。我想这肯定是那个叫"大汉"的大花狗干的好事。我边帮忙收拾边说："医生，我是带狗来看病的。""我这里不看狗病。那叫不务正业。"兽医头也不抬就把话撂给我。我说："医生，我不能没了阿花。""什么阿花？"兽医听了我的话才转过脸来，惊讶地看着阿花，那个叫"大汉"的大花狗见到阿花也汪汪地叫了几声，被兽医给喝住了。兽医也好奇地说："我在这乡村里第一次见到这样的狗。几岁了？"我说："五岁了。"兽医说："五岁也就相当人类约三十五岁，正值青壮年，那要治好它。它的母亲是谁？"我拍拍阿黑说："是它。"兽医又说："是它？它经常过来。阿花的父亲呢？"

兽医这一问，让我愣了一下。我的脑海突然浮现出五年前在红薯地见到阿黑和一个大花狗的屁股连在一起的那一幕。难道阿花的父亲就是大花狗"大汉"？我不敢肯定，就说："我不知道。"兽医又问："你叫什么名字？"我说："周学海。"兽医调侃地说："学习有大海那么厉害吗？我的学生个个都是尖子生。"我想这个人有点怪，不就是一个兽医，哪来什么学生？还都是尖子生呢？但为阿花治病要紧，不要节外生枝。兽医接着说："叫学海也好。学海无涯嘛！以后我会给些书你看的。"

兽医又说："我高度怀疑阿花的父亲就是大汉。我会弄清楚的。你先帮我忙完这事，我再帮阿花看病。"

这下我也戴上口罩，成了兽医的助手。这兽医站里面的一间牛棚有十几头牛，一间猪圈有十几头猪，都是各村送来的病猪病牛。兽医在每头猪牛身上都写上编号，然后给每头猪牛抽血，取唾液、粪便、伤口皮屑等样本，我接过样本逐一放进对应编号的试管里。这样干了一个多小时，然后兽医把样本拿到里面一个房间里，用长条玻璃片刮片后，放到显微镜里分析，还用一部小相机咔嚓咔嚓地拍摄，又让我逐一记在一个本子上。本子上的表格栏目里分有猪牛的编号、品种、年龄、样本名称、分析结果、配药及数量等。

干完这一切，三个小时就过去了。这时候我才有时间看看这个兽医站是个什么样子。原来兽医站就靠在山崖边上，山崖的石缝中有一个巨大的泉眼，流出一股终年十三度的恒温山泉，当夏天外面温度三四十度的时候，泉水温度仍为十三度，当冬天外面温度只有几度的时候，泉水温度依然为十三度，所以靠在崖洞边的屋子里是冬暖夏凉，十分舒适的。刚才从猪牛身上取下的样本，就放在一个塑料箱子里浮在流动的泉水面上。兽医称之为天然冷藏箱。房子在泉水滋润下也恒温恒湿，兽医说这是做实验的好地方。

听了兽医的话我有点吃惊，这兽医站也做"实验"？我想这兽医可能是什么农学院畜牧兽医专业毕业的，连试管、显微镜都有，有点像学校里的物理化学生物实验室。

忙了大半天，还是没有忙到我的正经事，我便转个话题："医生，您贵姓？"

兽医说："我姓杨，叫我杨医生就好。"并说阿花要在这里治疗几天，顺便弄清楚汉子是不是它的父亲。

听了杨兽医的话，我只能照办了。临别时，杨医生从一个大木箱里拿出一本书给我："这是达尔文的《物种起源》。借给你拿回去看，算是今天干活的报酬。以后想看书，就多来帮我干活。"

拿到这本《物种起源》，我如获至宝，心里想：这可能是一个不同寻常的"兽医"。

我回到家里，母亲见阿花没回来，以为它到田间撒野去了。我告诉母亲，阿花"住院"了。母亲觉得奇怪，狗也有住院的？我把所见所闻给母亲说了一遍，母亲也觉得这个兽医是个神人。正好旺丁叔来到我们家，问阿花去看兽医后怎么样了。我也把今天的事说给他听，问旺丁叔这个杨兽医是何许人也。旺丁叔说："他就是大队支书杨俊才的堂兄杨俊斌呀！"

旺丁叔这一说吓了我和母亲一跳：难道他就是父亲曾说过的家乡出了一个江海大学的动物学教授杨俊斌？

旺丁叔说他就是那个什么教授，听说是个"臭老九"，回到家乡来"改造"的。旺丁叔还说，这个兽医看猪牛病一看一个准，四乡八村的人都牵猪牛来给他看，还请他到好远的地方去看猪瘟牛瘟，连鸡鸭瘟都会看，神奇兽医一个。

我问旺丁叔："狗瘟会看吗？"

旺丁叔说："什么屁狗瘟？！疯狗症他好像也会看，他还给我们附近几条村的狗打了一种什么针，听说打了针的狗就不会发癫了。阿黑也打了这种针。"

在"神兽医"的治疗下，阿花很快就恢复了健康，而大花狗大汉已经年迈，听力、视力、行动都在走下坡路。杨医生说，大汉原来是个缉毒犬，是德国牧羊犬，为海关缉毒做出了很辉煌的业绩，超龄退役后到了江海大学生命科学院，他回家乡要求带它一起回来做伴。这些都是我在杨医生那里听说的。

阿花治疗期间，杨兽医抽了阿花和大汉的血液进行细胞培养和对比分析。他把培养基放在玻璃片上看了很久，从细胞分子结构上对比分析，再结合阿花与大汉的年龄、皮毛、花色、纹路（主要是头花、肚腩和四只脚）的对比，确定大汉就是阿花的父亲，其中的原理我都一窍不通。我只知道结果和我曾经见过的一幕是吻合的。但接下来兽医的作为就让我崩溃了！杨兽医居然要为阿花改名，说阿花的父亲既然是"大汉"，它就应该叫"小汉"，既有辈分关系，又有传承因素。我不同意，说阿花可以跟父亲改名为"小汉"，它也可以跟母亲阿黑改为"小黑"。杨兽医也不同意，说要把目光放远一点，大汉是只"文明犬"，阿黑是只土狗，阿花最终也要成为一个"文明犬"，青出于蓝而胜于蓝。我反驳说，你这是看不起农村土狗，也是看不起农村，身在曹营心在汉，怪不得被下放回来"改造"。我这年少无知的话刺痛了杨兽医的心。他静默了一会儿，说："既然各执己见，那就各叫各的吧！"几天下来，结果还是杨兽医赢了。他一叫"小汉"，阿花就摇着尾巴走到杨兽医跟前，我叫"小黑"，阿花却毫无反应。后来我暗地里

观察了几次，原来杨兽医每次叫"小汉"的时候，都会给点东西阿花吃！我猛然想起原来这就是《十万个为什么》里面说到的"条件反射"。

争论告一段落，某天我斗胆问杨兽医是怎样回来的。杨医生也不回避，说他在学校贯彻"学制要缩短"会议上提出了不同的意见，说江海大学作为国家的重点大学，应该坚持四年制本科，不应该改为三年制专科；不同意将综合性大学的基础学科专业改为工科应用专业，说工科大学还有江海理工学院，研究与应用应有相应的分工。结果被批为"脱离实际的资产阶级学术权威"，要下放劳动改造。原来要把他放到农场去"改造"，他认为农场还是一个统一管理的集体，畜牧医疗比较规范，采集不到所需要的第一手差异化数据，研究不出新成果，所以他自己要求安排回家乡来"改造"。

讲完这些，杨医生又从大木头箱子拿出费孝通写的《乡土中国》一书，并叮嘱我在家里看就好，不要给别人看见。还说，看了这本书，我便懂得农村是怎样一个广阔天地，可以怎样大有作为。为了看这本书，我又协助杨医生整理了几个晚上资料。

花了几个星期，我看了达尔文的《物种起源》，又看了费孝通的《乡土中国》，我猜测杨医生一定还有很多书，而且都是很高深的。这令我既神往又敬而远之。虽然初中已经开始接触物理、化学，还有历史、地理，但毕竟还是很肤浅的。想不到当我把《乡土中国》还给杨医生的时候，看下一本书的条件变得更加苛刻了。杨医生加码的条件是我拜他为师，以后叫他"杨老师"。这杨医生除了认可我叫他"老师"，收我为他的学生之外，还让我星期六晚和星期天跟他去各村采集生病牲畜的样本，有时候还要去好远的外县采集标本，杨医生说这样广泛的数据才具有代表性。由于杨老师的名气在这一带传开了，外县的基本上是开拖拉机来接我们和阿花去的。杨老师还要求我星期六晚上要住在兽医站，而且阿花要随行。我说杨老师你这是"变本加厉"，让我完成不了初中的课程。杨医生说我说话用词不当，斗胆和老师干仗，不过我喜欢你这种精神，将来会有出息的。我心想，我跟您杨老师学习后，能继续在兽医站干活，不用下水田里被蚂蟥吸血就谢天谢地了，还能有什么"出息"？说这话的时候我把我的"蒲公英"抛诸脑后了。

我在胡思乱想时又听到杨老师说，这应该是千载难逢的机会，他当年带研究生也没说过这样的话。当我答应他的条件，他还是没拿出新的一本书给我，而是又提出了一个条件：还书时说出那本书的主要观点或者个人看法，才可以接触下一本书。我说我如果不回这崖洞村，我在县城图书馆有看不完的书。杨医生说如果你不回来这里，可能就没了阿花，也认识不了他这个老师。接着他要我说说《物种起源》和《乡土中国》。

我说看了《物种起源》知道了"进化论"和"适者生存",而我更羡慕的是达尔文的环球航海考察。看了《乡土中国》知道什么是当时的"城市人"和"乡下人"。杨医生问我,什么是"城市人"和"乡下人"?我说,"城市人"就是开汽车在乡村公路看到尘土飞扬的路上那些乡下人挑着担子左躲右避,探出半个头,向着那土老头儿,啐了一口"笨蛋"那种;"乡下人"就是看到城里的大学生到乡下田里看见玉米便说"今年的麦子长得这么高",没有当面啐一口,只是微微地一笑那种。

杨医生说,费孝通写的是1947年的事。你读书怎么专挑这些记住了。不过你还是一个初中生,费孝通这番话引起了你这个"乡下人"的共鸣,算你过关了,可以阅读下一本书。说完杨医生拿出一本《动物高级神经活动客观研究二十年经验:条件反射》给我,我一看作者叫"巴甫洛夫",便说:"这本书我连书名和作者都不会读,你还让我读内文。就算我用愚公移山精神也读不懂。"

杨医生说:"那你就用愚公移山精神把它读一遍,要不就没有下一本了。"

从此,我和阿花的星期六晚上、星期天白天的时间都给了杨医生和兽医站。一年时间,我和阿花跟着杨医生跑遍了长垌乡所有村落，有时还带着阿花跑到遥远的外县。晚上整理出来的资料放满了两个大木柜子。不知道为什么，杨医生在资料上签名以后，要我在上面也签上名。幸亏我练庞中华的硬笔书法还算勤奋，签上的名字还不算丢人。不过有一点是让我郁闷的，夜晚在昏暗的煤油灯下整理资料还是挺辛苦的。我看到崖洞那股山泉从兽医站排到前面的小河里有两米多的落差，提出在这里建个小水电站。

杨医生说："你这小子居然想到了我没想到的问题。但水轮机和发电机哪来？"

我说："水轮机可以用水车来代替，让旺丁叔用木头来做。这学期上物理课我刚刚学了发电机的原理，我可以用圆形磁铁绕漆线，磁铁中心再用两块磁铁做转子，轴心连上水车就可以了。但是目前我没这些材料，学校实验室的材料不够。"

杨医生说："下次我带你去县城买。"

一个星期天，杨医生让我跟他坐乡里的拖拉机去九川县城进兽医站的材料，除了正常进货、统一月结的，杨医生还用自己的现金买了很多试管、试剂、试纸等，到新华书店买了许多稿纸，到照相馆买了很多拍摄标本用的胶卷，又到县农机站买了磁铁、漆线、轴承等。我说："杨老师，你用自己的钱买了那么多东西，这个月咋生活？"

杨医生说，他每月有一百零九元钱工资，虽然只是原来的二分之一，但足够用了。乡村自给自足率高，基本用不上现金，用在这上面不是很好吗？听着这话我又想起费孝通的《乡土中国》，杨老师不就是在做和当年费孝通一样的"田野调查"吗？！

回到兽医站以后，我就开始实施"水电站计划"。旺丁叔很快做了一个直径一点五米的木水车，又在上游做了个木水闸。用力抬起水闸，水流就哗哗地冲得水车飞转，也同轴带着我自制的发电机转。我们将绕着磁铁的漆线两端连到白炽灯泡上，灯泡果然亮了，但光线很暗，还不如煤油灯。杨老师说是因为转速不够。我说可以改为大轮带小轮，不直接连在水车轴上。旺丁叔又很快做了大木轮，在两米处又安装一个与发电机同轴的小转轮，再用皮带将大轮与小轮连上。这样速度上去了，灯光也亮了许多，但皮带时不时就脱落下来。我研究了一下，估计是大小轮之间的平衡问题。我说调整平衡是一方面，要治"本"还得用梯形皮带，这样大小木轮都得挖个梯形槽。这一招真灵，一天24小时皮带都安然无恙。能在乡里24小时用上电，杨老师一高兴就开始在电灯光下教我用显微镜观察动物细胞，分析病原体，我在电灯下整理资料也感觉眼前一亮，效率高了一倍。我还用线圈制作了个三相异步电动机，做了个电风扇。我觉得兽医站就是我的课堂，既有老师又有实验室。

几天后,杨老师又给我提出了更高的要求:晚上乡里的畜牧有情况的话,要随叫随到。我说,又没有电话,你怎样叫我?杨老师说,我给你打手电,闪三下,圈三个圈就是有事;急闪三下急圈三下,就是有急事。崖洞村的左右两边就是两个山脊,左边是我家,右边是兽医站,崖洞村几个客家大院就像弓,我家和兽医站之间就像一根弦,直线距离就六百米,两边都处于高位,之间没有什么遮挡,平常我玩手电为自己壮胆,更远的山头我用手电都能照到。我觉得这样挺好玩的,就答应了。这样的事发生过几次,都是暴发猪瘟、牛瘟,杨老师用手电通知我,夜里去进行病源采样,几条村子跑断了腿,回到兽医站还要连夜分析结果,马上上报县里。幸亏有县畜牧站派人前来支援,对症下药,一下子就把病情控制住了。但又发生村民抢病猪病牛宰来吃的事件,深夜里做了很多工作才对病畜做无害化处理。这些工作,阿花都是得力的助手。

一天深夜2点,我突然被阿花"汪汪"地叫醒,发现窗户有光不停地闪,一看是杨老师照过来的,便赶紧换了衣服带着阿花过去。阿花真是一个好帮手,关键时刻起了"二传手"的作用。阿花不懂"使命"二字,但行动上却会"使命使然"。

我和阿花赶到兽医站的时候,杨老师已经整装待发。原来算命的佳叔被自己家的狗咬了,狂犬病发作。因为要经常夜里走村串户，杨老师和我，还有阿花，都打了疫苗，这叫"打有准备之仗"。但杨老师还是十分谨慎，除了戴橡胶手套、防撕咬手套、特种口罩，还带了一包像草药一样的东西。阿花也"全副武装"，杨老师把大汉用过的皮套狗绳也套在阿花身上，还给阿花戴了"口罩"，就是不让狗咬人的那种，以防阿花扑上去咬那疯狗，最后连自己都疯了。

在赶去佳叔村子的路上，杨老师一路责怪自己没有坚持给佳叔和他的狗打疫苗。其实当地农村的土狗基本没有打疫苗。长垌乡的一些村子的狗打了疫苗还是杨老师推动的结果。这一片乡村都有冬天吃狗肉的习惯，餐馆饭店一到冬天就多了白切狗肉和狗肉火锅两道菜，说冬天吃狗肉可以暖身强体，迷信打了针的狗肉不好吃的说法，所以喜欢吃狗肉的佳叔一直抗拒给狗和自己打疫苗。

当我们赶到村里的时候，已经是凌晨2点多钟，仍然有很多村民围在佳叔家门口。那条疯狗已被关在一间柴房里，一直在用牙齿撕咬柴房门，很危险。佳叔已被锁在他的房间里，他像狗一样"汪汪"地叫着要出来。大家见我们到来，好像看到了希望。但目前全世界都无法医治狂犬病的现实，大家也都明白。现在主要是要把局面控制住。杨老师隔一米多远仔细观察狂犬和佳叔的情况，叫佳叔家人拿来一桶水和一个脸盆，还有一把大葵扇。杨老师把那桶水提到胸前那么高，然后往地上的脸盆倒水。哗哗的水声响起的时候,那只狂犬和佳叔都突然痛苦地叫喊,一会儿都昏过去了。等两者醒后,杨老师又用大葵扇分别给狂犬和佳叔扇风,狂犬和佳叔又是撕天裂地地叫喊,一会儿又昏过去了。我们都戴上特殊口罩,杨老师双手戴上防撕咬手套,把带来的那捆草药的一半用火点着,用扇子对着佳叔的房子扇,我把另外一半草药点燃往柴房里煽,然后杨老师分别在草药上撒了点什么粉剂。一会儿,佳叔的房子和柴房都没声音了。又等了一会儿,杨老师才让佳叔家人戴上口罩把房门和柴屋门打开,佳叔和那条狗像睡着了一样,静静地躺在那里。杨老师分别给佳叔和疯狗打了一支麻药,然后叫我戴上橡胶手套用棉签和试管尽快从佳叔和狗身上抽血、取唾液,包括佳叔伤口上的细胞。杨老师一边按住阿花不要叫,以防那疯狗受到声音的刺激醒过来,一边吩咐佳叔家人尽快将狂犬埋掉,并强调埋的时候要在疯狗身上撒一层石灰粉灭病毒。杨老师给佳叔打了一支狂犬疫苗,希望奇迹发生,并叮嘱佳叔的家人,在佳叔房里备好几天的食物和水,让佳叔醒过来可以食用,并锁好房门。

回兽医站的路上,我问杨老师那草药是什么。杨老师说是曼陀罗。

杨老师边走边给我讲狗的历史。他说,家狗是一万年前由人类经灰狼驯化而来的。学界有东亚、中亚、中东和欧洲多种起源的说法。中国河北省南庄头遗址（距今一万年左右）出土的狗是中国目前已知最早的家畜。所以狗是人类最早的动物界好朋友。凡事有好有坏。人类如果不慎被患上狂犬病的"好朋友"咬了，染上狂犬病毒，死亡率百分之百！所以狂犬疫苗和狂犬病免疫球蛋白要在染病二十四小时内注射才有效。佳叔感染狂犬病毒的症状已经过了前驱期和兴奋期，进入了麻痹期，病毒已经进入大脑神经，虽然给他打了狂犬疫苗，也只有听天由命了。

回到兽医站，天色已亮。杨老师又带着我及时进行采样分析和建档。这一切完了，剩下的只有倒床睡觉了。

几天之后，听说那只狂犬死了，佳叔也去世了。一天早上，旺丁叔叫我带上阿花跟他去个地方。我翻了翻墙上挂的日历，今天不是长垌街的圩日；就算是圩日，我一想起那次阿花大闹长垌街餐店的事就后怕不已，绝对不能有"再次"。旺丁婶也提了个篮子跟着，究竟去哪里？我的心里一边打鼓一边纳闷，看到旺丁叔婶都沉默不语，也只好和阿花跟着走。走到了佳叔的村子，旺丁叔婶领着我和阿花慰问了佳叔的媳妇和孩子，旺丁婶把篮子里的东西拿了一半出来给佳嫂。从佳叔家出来，我以为要回家了，旺丁叔却又带我们往村子背后的山上走去。上到半山腰的一个新坟前，旺丁叔停了下来，旺丁婶把篮子的东西摆在坟前，烧上香，旺丁叔才带着我们一起拜祭。原来这是算命佳叔的新坟。旺丁叔边拜边嘟嘟哝哝地说了许多我听不懂的话，可能这些话只有佳叔才听得懂。听不懂的我只好胡思乱想：可能是旺丁叔内疚于当年在村子塘堤上用扁担打和放阿黑咬佳叔的事，还有旺丁婶用粪水泼佳叔的事，所以今天把旺丁婶和阿黑也带来了；带上阿花一起来可能是因为它曾经在长垌街餐店跳上佳叔喝酒的餐桌闹事。又或许因为佳叔后来为旺丁叔婶祈愿"旺丁旺财"应验，报恩而来。后来我确知自己不过是脑洞大开，胡思乱想罢了。旺丁叔所真正代表的，就是这一带的乡风民俗。

很快两年初中就过去了，上高中以后，杨老师给我阅读的书越来越专业，基本上都是大学本科的专业教科书。这时候江海大学不时通知杨老师回学校，杨老师一般选择农忙假或寒暑假回去，兽医站就让我临时顶替工作。后来学校直接通知杨老师回去工作了，杨老师向学校要求在兽医站多留两年时间。这时我才知道，长垌乡兽医站是九川县最有影响力的畜牧兽医疗机构，堪比一个县级兽医站的条件与水平，病猪病牛都可以有病房"留医"。这样的"建制"（显微镜、试管、试剂等，还订阅了很多专业杂志）是杨兽医从大学里带来或自掏腰包建设的，因此除了长垌乡，其他乡甚至外县都请杨兽医去治畜牧病，简直就是一个"三甲"兽医站。由此也把我累死了，畜牧病例建档资料也有十几箱之多。

这时候，乡里的学校也办了高中班，我直接在乡里上高中。这几年，初中、高中也开设英语课了，用心去学，也可以学会简单的国际音标和基础对话。这时我已经改口叫"杨老师"为"杨教授"，杨教授称我为他的助手，并指导我这个"助手"在整理资料过程中就第一手资料写了几篇论文，杨教授将论文修改后，以杨教授和我作为助手的名义在《江海大学学报》自然科学版发表。

高中阶段，杨教授陆续给了动物学大学本科试卷让我做，他改卷后，和我在上面"双签名"，然后放进一个塑料袋里封存起来。高中阶段虽然劳动课占了很多学习时间，但好处是劳动结束后的时间可以自由掌握，你可以去踢足球、打篮球、打排球，也可以去玩别的。我把这些时间都放在看动物学教科书学习和做试卷上了，在阅读教科书和做试卷时，有些不懂的我就请教杨教授；改卷时我的分数低于八十分，杨教授就让我重温重点和难点，再发另一份试卷给我做，要求每份都是八十分以上的"双签名"试卷。高中两年我就把大学动物学专业本科所有试卷全做完了。

第十二章 奔向城市

江海大学是阿花的最终归宿,也是我人生的新起点。我很快适应了大学生活,阿花由于捣乱了杨教授的重点实验,被送往警犬训练营「军训」一年,才实现从「乡村文明」向「城市文明」的过渡。

两年时间很快就过去了，我已经高中毕业。杨教授心爱的德国牧羊犬大汉年迈体弱，有一天突然不见了。阿黑、阿花带着杨教授和我在离兽医站不远的一个山坡上找到了它，那个时候大汉已经安然离世。狗是人类一万多年前就开始驯养的伴侣，它有一种特殊的灵性：为了不让主人伤心，它在临终前会悄悄地告别主人，找到一个僻静的地方，结束自己的生命。我们在兽医站旁边的一个向阳坡上，挖了个土坑将大汉葬了，杨教授和我带着阿黑、阿花给它举行了个简单的葬礼，坟前摆了许多野花，洒了一瓶米酒。

大汉的去世对于杨教授来说是十分痛苦的，尽管它是寿终正寝。回到兽医站，杨教授像念悼词一样给我讲了大汉一生的故事，也就是"盖棺定论"那种。大汉是德国牧羊犬，原来是警营里的缉毒工作犬，退役后"转业"到江海大学生命科学院，成了杨俊斌教授的工作助理犬，伴随杨教授去考察、上课、去实验室搞科研，在江海大学很有名气。20世纪60年代中期，杨教授把它带回长垌乡。刚刚来到农村，大汉适应不了从"城市文明"向"乡村文明"的过渡，而杨教授从江海大学校园回到离开几十年的乡村，也存在这个现实问题。大汉体形高大，个头比农村土狗要高大三分之一，又属于"危险犬种"，所以杨教授回到家乡，照样给它套上皮套，牵着绳子；杨教授自己也像在大学校园一样穿着吊带裤。结果大汉因受到皮套的束缚，施展不了武功，有一次跟随杨教授去一个村子救治一头水牛时，遭到村子十几只土狗的围攻，差点丧了命。从那以后，杨教授将大汉从皮套中解放出来，他自己也不穿吊带裤了。大汉在和农家土狗的战斗中，确立了它的霸主地位，实现了从"城市文明"向"乡村文明"的过渡。听着杨教授讲的大汉的故事，我忽然为我当初回到家乡，依然像城里一样，背着书包上学被欺负而深感内疚，不过我那时只有六七岁。

转眼到了1977年，国家发生了巨大变化。杨教授已经回江海大学带硕士和博士生。我们之间只能靠信件往来。我自己也在努力复习，迎接高考，目标是考上江海大学生命科学院动物学专业本科。

高考成绩公布后，我的高考成绩达到了江海大学的录取分数线。这时候我收到了杨教授的来信，看了信后，我大吃一惊！他除了问我的高考情况，还说正在争取让我直接考他的研究生。这是我一点思想准备都没有的。信中还说学校招生委员会和学术委员会这两个关很不容易过，需要我到学校笔试和面试。信上还附了一张研究生报考表让我填写，重点填写在兽医站跟他所做的工作及成果。学历一栏，让我填写"高中毕业"；表格里多了"学历水平"一栏，杨教授让我填上"相当于大学本科"。我觉得这不是我自己能评价的，因此我让它留白。

我将表格寄回去不久，就收到了江海大学研究生笔试通知。我第一次坐长途火车到达江海省省会。在江海大学，我被安排住在学校招待所准备应试。笔试还比较顺利，面试的考官是包括杨教授在内的几位学术委员会成员，有两位还是外校的。面试的前一天晚上，我到杨教授家里吃饭，饭后杨教授还面授机宜，点拨了一下。面试当天，摆在面试官面前的我的材料上学历一栏为"高中毕业"，学历水平一栏注明"经学术委员会讨论审定'相当于大学本科毕业'"，资格审查委员会也在上面盖了章。这样复杂的材料迎来了面试成员复杂的提问，问的问题比动物学专科毕业的工农兵学员考生难得多。一位面试官问了高等数学的问题，涉及微积分、高等函数等，他认为高等数学离一个高中毕业生还十分遥远，这位考生的脑子肯定是一片空白。幸亏杨教授给的那套高等数学试卷是我凭自己的真才实学做完的，这有赖于我那当算术老师的母亲的辅导，她读的县师范学院也算是高校，学过高等数学；我学习被"卡"住时，杨教授也会给予解疑。这一关总算难不倒我。另一位面试官还问了自然辩证法的问题。还有一位面试官直接说了，研究生和本科教育和高中的基础教育有很大区别，思维方式完全不同。研究生学习不需要你去复述别人的知识或者观点，而需要独立思考地说出自己的观点：请考生谈谈对巴甫洛夫学说的不同观点。

我说，我读过费孝通的《乡土中国》一书，很羡慕费老在西南联大、云南大学开设的"乡村社会学"课程，他不喜欢用现存的教材，而愿意去探索一些自己觉得有意义的课题，无所顾忌地打开一些还没有人闯过的知识领域，敢于向未知领域进军。这也是我报考研究生的初衷。至于巴甫洛夫的学说，本世纪50年代在我国引起比较大的争议。令我思考的是巴甫洛夫与他母亲的弟弟的女儿结婚，巴甫洛夫的女儿早逝，与近亲结婚是否有关系？巴甫洛夫作为一个科学家，而不是一个诗人，在感情与理性之间的选择，也是一个值得考究的问题。他用狗做"假饲实验"我赞同，但我不会用我的阿花来做类似的实验，因为阿花还另有使命，那就是杨教授的"助手"。巴甫洛夫任性地用弟弟尼古拉来做实验我是不赞同的，我觉得应该从心理学的角度来研究生物学家和心理学家巴甫洛夫。我说完后引起了面试官们的一番议论。

后来杨教授说，在学校招生委员会和学术委员会讨论会议上，桌面摆上了我配合杨教授四年间在乡村兽医站整理的材料和在学校学报上发表的论文，以及杨教授和我"双签名"的试卷。由于属于破格录取，争议很大，会议上争论很久，最后结合笔试和面试的成绩及相关材料，还是一致通过了。

回到崖洞村不久，我就收到江海大学研究生录取通知书，同时也收到杨教授的来信。这时候兽医站已经由一位学成归来的农学院畜牧系毕业生来接替管理。杨教授让我上学时把阿花也带上。这真的为难我了，阿花不可能陪我坐长途火车到江海大学。后来只好将阿花托运到学校。在托运的笼子里，我给它配足了水和食物，还告诉列车员这个阿花的重要性，希望一路上照顾好。

到了学校，阿花不能与我一同住在学生宿舍，很自然就住在杨教授家。杨教授已经搬回原来的小洋楼住，家里十分宽敞，因为我经常去看它，阿花也十分乐意。它有点不习惯的是出门到楼下要戴上皮套和狗绳。杨教授上课，到办公室和实验室，经常带上阿花，见人就说这是你们曾经认识的德国牧羊犬大汉的后代，它的故事可以写一本很厚的书。阿花在校园里渐渐地出了名，经常被问它的故事。

阿花在校园里的故事传到了《摄影家》杂志主编刘影那里，刘主编带着阿花回到千里外的长垌乡、崖洞村、坪塘火车站拍了许多实景照片，还为阿花在坪塘火车站拍了一段与火车头红色巨轮奔跑的影片。回来后，刘主编为阿花在《摄影家》杂志做了个封面专题，还在江海大学图书馆与生命科学院共同主办了个"生命的跌宕与人犬的共性"主题摄影展。

我将阿花的新鲜事写信告诉母亲，还附上《摄影家》杂志和几张照片，很久才收到母亲的回复。母亲看了很高兴，并让我以后写信寄到新的地址：父亲工作的县城第一小学！原来县落实干部政策办公室一纸公文，纠正了母亲当年的错案，母亲又恢复原职了。这封信是大队杨俊才支书交给旺丁叔转给母亲的。

阿花从大山沟里的乡村来到大城市的大学校园，完全适应不了它的父亲曾经工作生活过的城市校园的生活方式，它完全想不到这里的规矩那么多：吃饭喝粥定时，拉屎拉尿定点，外出还要套上皮套和绳子，在外面拉了屎主人还要捡到垃圾桶里……它适应不了从"乡村文明"向"城市文明"的过渡，正如它父亲当年适应不了从"城市文明"向"乡村文明"过渡一样。我可怜这些规矩对阿花的束缚，要求杨教授把套在阿花脖子的皮套扣得宽松一点，结果阿花几次在校园里挣脱了皮套满校园跑，甚至跑出了校园，经报警才把它找回来；还有一次，饥肠辘辘的阿花居然偷偷跑到学校饭堂找到正在吃饭的我要食物吃。我多买了一份饭让它吃饱后，送它回杨教授家里。杨教授见我送阿花回来，并没有责怪阿花，以自然的口吻对我说，阿花做这样的事已经是"惯犯"了。师母每天都是上午第四节下课铃声响起的时候给它喂狗粮，它对这节课的铃声产生条件反射。那天师母外出，回来迟了，阿花就"越狱"逃了出来，顺着我的味道找到了我要东西吃。

杨教授还是将阿花当作它的父亲大汉看待，厚爱有加。每年生命科学院新生入学，杨教授都要带上阿花在"新生见面会"上讲述他和我在乡村进行乡土生物学调查以及阿花的故事，听得年轻一代热泪盈眶，纷纷上前抚摸阿花的额头和背部，喜欢得不得了。有次杨教授带着阿花到实验室做一个重点实验，其中一个叫艾雪橄的女助手见到阿花，惊悚地躲在杨教授的后面，说小时候被狗咬过，见到狗就心有余悸。想不到会"读心术"的阿花冲着这位女生"汪汪"地叫，甚至把做实验的试管打烂在地上，导致实验中止。杨教授在总结实验中止教训的会议上，听取了其他教授的意见：将阿花送到警犬训练营训练一年，学会规矩再回到校园来。临去警犬训练营前，我摸着阿花的头说："阿花，去吧！我上高中、上大学不也参加了军训吗？你就把这一年当作进入大城市和大学校园生活的军训吧！"阿花好像听懂了，乖乖地跟武警上了警车。

阿花到了警犬训练营（那里也是阿花的父亲曾经工作的地方），吃了很多苦头，但表现出色，在缉毒行动中还立了几次功。回到校园后，阿花变成了一个"城市文明犬"，青出于蓝胜于蓝，阿花的表现比它的父亲当年还出色。从此，每届新生们除了听到阿花的"乡土故事"，还多了它的"城市故事"。

那位叫艾雪檄的女生为了弥补造成杨教授重点实验中断的过失，经常到杨教授家里带阿花在校园里溜达。满校园都是她和阿花的身影，成了校园里一道亮丽的风景，她也成了阿花的好朋友和"铲屎官"；本科毕业后，她读了杨教授的硕士和博士研究生，毕业后留校任教。不过作为一个女孩子，她对父亲给她起"艾雪檄"这样不男不女的名字烦透了。她父亲是个乡村教师，起"艾雪檄"这个名字就是希望她勤奋读书，将来有出息；而"檄"字就是古代"檄文"的意思，也就是现在的政府公文，希望她将来当公务员。她果然不负父望，考上了江海大学；谁知道她毕业后选择了留校当老师。有一次同学们为她过生日，有位同学问她的弟弟有没有考上大学。她说没有。那同学说你弟弟肯定是叫"爱劳动"了！20世纪80年代中期，她第一次办理身份证的时候，干脆把"檄"字去掉，直接叫"艾雪"，听起来既像女孩子，又富有诗意，像文艺青年。除了当一名动物学教师，她的业余爱好就是文学，发表了不少诗歌和

杨教授在总结实验中止教训的会议上，听取了其他教授的意见；将阿亮送到警犬训练营训练一年，学会"规矩"再回到校园来。

散文。这是后话。

阿花从警犬特训营回到江海大学的校园，完全变了样，既规矩又文明，见到陌生人或别的动物，没有主人的指令不再扑上去，在屋里到自己的"卫生间"大便小便，不过在校园散步还是喜欢相隔不远就撒几滴尿，那是它的生理本能——阿花，真正成了杨教授的得力助手。我跟着杨教授做了多项重点实验，继续硕博连读。杨教授的治学态度严谨在江海大学甚至整个学术界都是广为人名的。有些学子是敬而不敢报考他的研究生，艾雪报考杨教授的研究生都战战兢兢，还偷偷哭了好几次。我经过在长垌乡兽医站给杨教授的"磨炼"，已经习惯成自然了，所以一切都比较顺利。其实杨教授对学术观点是开放的，你可以天马行空，但做模型、做论证须十分严谨。"严师出高徒"一直是我跟杨教授学习与科研的座右铭。

长垌乡兽医站那边也继续成为江海大学生命科学院的一个联系点，杨教授也带着我们这些学生，让阿花陪着，回去过几次。虽然兽医站把教授的设备留下了，但多年后设备陈旧不能用了，站里打电话来说，由于设备不能使用，很多资料无法现场提取数据了。杨教授想尽办法，争取把兽医站作为江海大学生命科学院的教学科研基地，继续在兽医站设备与经费上给予支持，这样当年的大量原始记录资料样本和科研成果就有了延续性。杨教授还说服九川县政府将长垌乡兽医站升级为县兽医站长垌分站，按县兽医站副站级建制配置人员和设备；杨教授带着我和艾雪，以及其他学生们到长垌兽医站实地调研时，见到了旺丁叔婶和阿黑，还给大汉墓献上鲜花。大汉的墓一直是杨教授和我的惦念。我们从兽医站上到附近的山坡，发现大汉的墓被维护得很好，杂草杂树清理得干干净净，而迎春花和一些四季野花就保留得很好，这是兽医站和实习生对他们的导师的感念用心。其实这里也成了一个"教学点"，大汉从江海大学到长垌乡兽医站，让杨教授度过了那段寂寞的时光，大汉自己也走完了它的生命旅程，而且把顽强的基因传承给了阿花。我和阿花也去给我童年的伙伴大狗扫墓，那里的迎春花依然灿烂，簇拥着长眠在那里的大狗。长垌乡教学科研基地源源不断地为学校科研提供需要的数据和材料，创造着源源不断的科研成果。学生们争抢着要定期到兽医站实习，由于报名的学子太多，他们只能轮流去长垌乡兽医站见证和获取最接地气的原始资料。随着时代的发展，村村通公路通电，我发明的小水电继续保留着，作为历史的见证。

多年以后，阿花年迈逝世了，江海大学生命科学院将阿花的遗体做成了标本，放在江海大学生命科学博物馆。每届新生入学，都来听一听阿花的故事。《摄影家》的刘影主编为阿花做了一座雕像，专程送到阿花寄托过梦想的坪塘火车站，继续在那里讲述生命的故事……

尾声　弃犬复活记

当年阿花从迷失六十公里的地方找到回家路创造了奇迹,那是它的本能使然;几十年后阿花的「复活」,那是尖端科技的成果。艾雪老师的科技报告揭秘其所以然,「铲屎官」与「复活犬」的对话更道出了其真谛。

2023年的夏天闷热得令人们很难熬。疫情消退了,但仍然有不少人"二阳""三阳"的,各种流行病毒也趁机来凑热闹,小学和幼儿园迫不得已推迟开学。东临太平洋的这片大陆海岸线纬度很大,从热带、亚热带、北温带甚至北寒带都有,却都破了百年的高温记录。有时候连北温带的城市气温也达到了三十九甚至四十度;南方则因为有"苏拉"等台风与豪雨夹击而显得没那么热浪逼人。雨水则自南向北覆盖了整片大陆。从新闻里得知,原来今年北半球的夏天到处都是热浪滚滚……度日如年的闷热会让人胡思乱想:难道是某些炮火连天的地方火药爆炸燃烧造成的,或是北半球从太平洋岛屿到西北半球的山火烤热的,抑或归咎于地球温室效应?我还闪念过一个追问:难道地球自转角度或公转轨道发生了变化?中秋节过后,南方的城市气温依然在二十六至三十五度之间。而江海大学这所地处南方的校园此时热度更高。

2023年10月4日,江海大学东大操场,迎来了因新冠疫情中断三年的"江海大学动物嘉年华"。这是以往每年面向社会开放的动物盛会,憋了三年的动物爱好者们都在期待激情奔放的时刻。

每年的10月4日,是世界动物日。这个动物日源于意大利人弗朗西斯,他于1206年在阿西西岛创建修道院,倡导与动物们建立"兄弟姐妹"般的关系,并要求村民们在10月4日这天向"献爱心给人类的动物们致敬";1931年,众多生态学家在意大利佛罗伦萨召开会议倡议将10月4日定为"世界动物日"。从此每年这天世界各地都举办各种纪念活动。

江海大学2023年的"动物嘉年华"火爆程度超过以往任何一届。这有赖于一个月前举办的"江海大学2023级新生入学暨《弃犬历险记》新书发布会"的网红式传播。闪音、柠檬、百香果等人气平台获得的点赞、弹窗与转发直逼明星直播;"2023年度动物嘉年华"的策划创新与内容亮点在上述平台的预告也令嘉年华的热度大增,校方只能采取预约进校的方式限流。尽管如此,当天依然到来了八千热爱动物人士和三千只包括中华田园犬、拉普拉多、萨摩耶、秋田、柴犬、雪纳瑞、伯恩山、比熊等在内的宠物犬。江海大学主校区是这个城市占地面积最大的校园,东大球场被一片树林包围着,优美的环境每年吸引了这座省城不少大型机构和企业在这里举办运动会或其他大型活动。动物嘉年华这天，尽管校方进行了限流，"铲屎官"的小汽车依然停满了校园道路，盛况空前。大家最期待的是看看预告中那"复活"的神秘"弃犬"究竟是只什么东西。

　　整场活动由一位在读的动物生理学与动物人工智能复合专业的博士研究生主持。这位美女主持人还是一位主修动物学辅修汉语言文学的双学士，曾获得全国高校辩论大赛一等奖，在2023年江海大学毕业典礼上演唱《这世界那么多人》成了网红校园歌手，平时也以善辩著称。主持人宣布嘉年华活动正式开始，操场上人和犬鼎沸的热闹声一下子安静下来，只有几只不安分的小"汪星人"在调皮地汪叫。主持人接着说："有请今天活动的主角出场。他们是江海大学生命科学院荣誉院长、著名的动物学家杨俊斌教授，江海大学生命科学院周学海教授，江海大学生命科学院艾雪副教授，还有——"主持人停顿了一下，"杨俊斌教授的助理工作犬阿花。"台下的人群让出一道通道，一只大花犬引导着杨教授、艾雪老师和我走上前台。上台之后，阿花对着台下一大片"汪星人"和"铲屎官"汪汪地叫了几声。主持人解释说："阿花在向大家打招呼。"

　　"天啊！这阿花不是我们生命科学院博物馆那只标本犬吗？怎么活了？"有一位年轻女孩大声地叫了起来，我认出她是今年刚刚入学的新生。这位女生的视线刚刚从手机屏幕上阿花追赶列车的视频移开,就看到了台上活生生的"复活犬"阿花。

主持人说:"这个问题问得好!它就是那只阿花,《弃犬历险记》中的主角,但是它三十六年前就变成标本了。大家说它是怎样复活的呢?"

"克隆!"台下异口同声地回答。

主持人说:"它不是克隆犬,因为当年没有留下它的生命体活细胞放到零下一百八十度低温进行保存。这个秘密将在接下来艾雪老师发布的《弃犬复活记》科技报告中披露。"

艾雪老师说,五年前即2018年,杨俊斌教授大胆地提出了一个"弃犬复活计划"。计划由杨教授带领周学海教授、我和学院博士生、博士后团队,联合江海大学生命科学院小疆智能仿生机器人公司、江海爬虫科技有限公司和校外酷似名人硅胶蜡像有限公司制定及实施。技术方面综合了硅晶圆光电智能识别与计算(超级算力)芯片、人脸识别、语音智能、ChatGPT、自动驾驶、生物检验、气味辨别与检测、生命探测、生命体硅胶微血管(微电路)再造等多项高端技术,最后制造出今天大家见到的活灵活现的"弃犬"。这是八十多岁的杨教授杨老带领团队进行的产学研结合的成果,目前可应用于水灾、火灾、地震、海关、缉毒等多种场景。

《弃犬复活记》科技报告里,详细地介绍了阿花在"复活"过程中的科技含量,特别是一些数据:复活犬达到L5超写实级别,全身有2500万片数,确保了3D模型的超级精度;全身附上50万根高仿阿花生物标本的发丝,确保与生前的阿花形似神似;全身有800根骨骼,让复活犬头部、颈部、腰部、四肢、尾巴、耳朵、口鼻动作自如逼真;脸部、耳朵、眼睛、鼻子、嘴巴有850块肌肉,让其应变、流露自然;硅胶肌肤的和"血管"的"重造",让复活犬的肌肤柔软度与体温达到正常犬类的绝对自然程度。根据阿花生前的影片声源,通过语音复刻、识别、变声和合成,还原阿花98%的原声效果,利用3D语音驱动技术,还可根据语音内容让阿花身体做出相应动作与表情。

在艾雪老师做《弃犬复活记》科技报告的过程中,"复活"的"弃犬"阿花时而仰头看看我们,摇着尾巴,好像对这个科技报告表示认同;时而看看操场上的"汪星人"和"铲屎官"们,汪汪地叫几声,好像在问大家是否赞同它的看法。其实在艾雪老师讲述以上内容时,场上早已响一片"啊!"的惊叹声。博士主持人说:"说通俗点,我们把台上的阿花叫作复活犬;从专业角度,我们把复活的阿花叫数智犬。"

《弃犬复活记》报告结束后,开始复活犬的"缉毒试验"。台上一字排列五个分别装有柠檬、榴莲和三种不同化学

尾声 弃犬复活记

品的行李箱或旅行袋，依次让复活犬辨认，它都可以准确无误地判断，对着目标物品"汪汪"地叫，赢得了满场热烈的掌声。

接下来的复活犬所做的"生命救援"试验更令在场观众吃惊。几个学生推来一座带着轮子的泡沫材料做成的"楼房"，主持人邀请操场上的一位小女孩从后台钻进"楼房"找个位置藏起来。随着一阵隆隆的声响，"地震"发生了！"楼房"摇晃着一下子倒塌了。复活犬爬上坍塌的"废墟"上左闻闻，右嗅嗅，突然停下来对着一个地方"汪汪"地叫，救援人员扒开塌下来的墙体一看，小女孩果然躲在里面。又是一阵热烈的掌声响起来。

在新书《弃犬历险记》品赏环节，复活犬叼着生命科学院制作的"复活弃犬"吉祥物依次下操场邀请"60后""70后""80后""90后""00后"代表上台分享读后感。

到了令人期待的互动环节，主持人往操场上抛出"复活弃犬"吉祥物，邀请五位接到吉祥物的"铲屎官"上台与复活犬互动。这五位幸运的"铲屎官"与家里的"汪星人"已经建立了深厚的感情，所以一上台就抱着复活犬摸呀摸，抱呀抱，亲呀亲，问主持人能不能把它抱回家里去。主持人说："它另有使命，刚才艾雪老师已经介绍了。"这几个幸运儿说，怎么抱着摸着像真的狗？！毛色、皮肤、眼睛、体温都和他们自己的

"汪星人"一模一样。在这样兴奋的状态下,他们问的问题就更加"撩人"了。

"你是怎么成为弃犬的?"

对于这个敏感的问题,复活犬居然不予回答。主持人赶快提醒:"你们要先打招呼,把阿花唤醒,否则它认为你们不尊重它。它会不理睬你们的。"

五位幸运的"铲屎官"这才恍然大悟:"阿花,你好!今天是世界动物日,祝节日快乐!请问你怎么会成为弃犬的?"

复活犬听到这个问题,一脸不高兴,原来竖起来的耳朵也耷拉下来了:"你们一开始就问这样敏感的问题,哪壶不开提哪壶!哪里疼往哪里戳。你们都看过《弃犬历险记》,不是明知故问吗?很不人道呀!"说完这话,干脆连刚才翘起的尾巴也坠到了地上。

这样不愉快的开场,不是自找的吗?其中一位"铲屎官"赶快救场:"阿花,对不起!我们还没有拿到书。失礼了!"

主持人赶紧把五本《弃犬历险记》分发给他们。

听了这话,复活犬才恢复了友好的表情:"在复活之前那段生涯,我也不知道自己曾经被遗弃。复活之后,他们把《弃犬历险记》的电子版下载到我的芯片上,我才知道当年发生的事情。"

"阿花,你的体温是多少度,会觉得冷或者发烧吗?"

复活犬用前脚边挠耳朵边说:"我的正常体温是三十七到三十九度,电路短路时会发烧,电池没电时会发冷。"说完引来场上一片喝彩。

"阿花,你会生病吗?"

复活犬的尾巴又耷拉下来:"怎么老是问一些生老病死的问题?会的。新冠病毒困扰了你们三年,我中的病毒不仅会让我瘫痪,还会令你们的电脑系统中毒瘫痪、停摆,甚至丢失数据;有些更会像狂犬病毒一样无药可救。但植入防病毒疫苗后,也会起保护作用。而且须经常更新和植入,不断测试,以对应新的病毒。就像狂犬病会令人类死亡一样,其他动物的病毒也会传染给我们犬类。"

"什么病毒?""铲屎官"觉得很新奇。

对于这个问题,复活犬居然不予回应。幸亏其中一位"铲屎官"醒悟过来,原来着急提问忘了唤醒:"阿花,什么病毒?"

复活犬一脸严肃:"就是马身上的病毒呀!叫木马病毒。提醒一下,不是特洛伊木马。这个木马病毒一中了就惨了!会令我危在旦夕。"话未落音就引得大家笑个不停。

"阿花,你的籍贯是哪里?多少岁了?"

复活犬显得有些得意,摇着尾巴说:"我的籍贯就在这里,这是我父亲生活工作过的城市,我出生地是桂东南一个叫长垌乡的地方。我今年56岁了，如果按我们狗的年纪，已经392岁了。"

复活犬的这番话引来现场一片"啊——"的惊奇声。主持人解释说，我们一岁，相当于狗的七岁。阿花说的没错。

追问在继续："阿花，你会数数吗？"

复活犬更加得意了："当然，小菜一碟。"

"铲屎官"拿出五个牌子："阿花，你数一下。"

复活犬说："1、2、3、4、5。"

"铲屎官"这会也严肃地说："阿花，用狗话回答。"

复活犬对着牌子吠："汪，汪汪，汪汪汪，汪汪汪汪，汪汪汪汪汪。"

复活犬的回答令大家捂着肚子直笑，有些人肚子疼得蹲在地上。

"阿花，你觉得你和复活前的你有什么不一样。"

复活犬皱起了眉头，觉得问题有点深奥："最大的不同是以前的我只会说狗语，复活后的我既能说狗话，又能说人话。复活前我年纪大了会得帕金森症，复活后我也会想不起问题，那是断线的时候，芯片内存没下载的事情也想不起来，因为芯片中的爬虫无能为力了。"这个回答又逗得现场哈哈大笑。因为大家平时骂人嘴不干净，就说"狗嘴说不出人话"。怎么人工智能连这个都颠覆了？这个"数智犬"太厉害了！

"阿花，你最大的理想是什么？"

复活犬摇着尾巴说："我的理想既高又远。"

"阿花，我经常坐飞机，在一万一千米高空上飞翔，你不就是在地面上奔跑吗？"这些"铲屎官"在平台上看过阿花与红色火车巨轮奔跑的视频，印象很深刻。

复活犬仰望着天空："我希望能上我们的空间站，上月球变成天狗。你们听说过天狗吃月的故事吗？我也想试试。我想去火星，几个月的太空长途跋涉，我不需要像你们人类一样补给氧气、水和食物，省事多了。除了去会月球上的天狗，太空中还有我的三位同类，分别是猎犬座、小犬座和大犬座，我都想去会会面。当然，出发前得给我装上星际定位系统，我的导航目的地应该很清晰，不能把我导到木星、水星那里去，还有要精准测量火星轨道，让我在离火星五千五百万公里最近距离时抵达，不要让我在离火星四亿公里最远距离做太空漫步。不过即使去了，我也很纠结，到那里我不也变成他们的汪星人了吗？"

一位"铲屎官"说："阿花，你到那里遇上外星人怎么办？"

复活犬觉得这位"铲屎官"问得很低智商，可能一辈子只能"铲屎"："我想你是不是缴了很多智商税呀！我到人家的星球，自己成人家星球的外星人，我遇上的是那里的原住民。我纠结的是那里生存的虽然是同类,我与他们也只能用身体语言交流了,因为我的翻译软件没载入小犬座和大犬座的语言,扫码和同声传译都会变成乱码或杂音。我是不会去猎犬座的,我不想变成他们的猎物。"复活犬停顿了一下又说,"如果你们给我穿上一件可隔断462度以上高温的外衣,金星我也想去。我想这一点人类是可以帮我做到的,你们人类的航天员乘坐的返回舱穿越大气层返回地球时,不也达到1600度的高温吗?我想既然你们能让我以第一宇宙速度穿越地球的大气层,到达滚烫的金星是没有问题的,但你们要在舷窗上给我装上清晰度很高的减速玻璃,要不我会头晕的。我去那里帮你们人类看看这地球的姐妹星里面究竟是什么样子;了解一下东方人司马迁在《史记·天官书》中为什么将这颗古代的太白星改名为金星,而西方人又将它称为古罗马神话爱与美的女神维也纳星。"这个回答令在场的观众倒吸了一口冷气,因为这个离地球最近的"邻居"(金星)太"热情"了,热情得让到那里的"客人"都会被熔化掉,变得荡然无存。

　　主持人提醒复活犬:"阿花,说简洁一点,别在这里贩卖你的知识了,否则我按快进键的,让你来个脑筋急转弯。我想火星我们是暂时不让你去的。如果你到那里,遇上那里的原住民,又对他们说人类的语言,说你来自地球,他们会认为狗是地球的统治者,因为最近地球上也有一位名人说过让狗管理世界的笑话；这就颠覆了太阳系甚至宇宙对地球的认知了。"主持人给复活弃犬一个小小的"打击"，示意"铲屎官"们继续提问。

"阿花，你觉得中国人聪明吗？"

复活犬不假思索地说："绝顶聪明。切身体会是你们居然把我复活了！而且复活成一只数智犬。远一点说，古代中国有《诗经》《论语》，就不说甲骨文了。这是中国文化与哲学的鼻祖。近一点说，中国有四大发明，航海家的地圆说靠的是中国人发明的指南针。中国人的想象力和创造力多么惊人！近四十多年，中国靠自己的聪明才智让经济总量奔向了世界第二的位置，最近华为突破技术封锁，自产7纳米芯片、北斗信号、卫星通话、自由编辑卫星消息、AI隔空操控手机，太有说服力了！"这个如数家珍的回答，让大家觉得这个复活犬有点"凡尔赛"了，听众不仅能"吃瓜"，而且在涨"姿势"。

听了复活犬这番话，其中一个穿花裙子的小姑娘抱着阿花亲个不停："阿花你好聪明！天文地理、古今中外你都懂。太可爱了！"

复活犬不但智商高，情商也不低，还不失幽默："不是我聪明，是你们让我聪明可爱。不过今天不是感恩节，到此为止。"

"阿花，咱们换个话题。你记得你爸妈的样子吗？"

复活犬干脆一屁股坐到地上："你们有完没完？问个没完。记得。爸是个大花脸，妈是个大黑脸。"

"阿花。你是数字智能机器人啊！只听说唱红脸和唱黑脸的，没听说过唱花脸的。难道你在做川剧变脸吗？"

复活犬真的变脸了："我可以不回答你们的问题吗？我是智能机器狗，就是你们说的数智犬，不是川剧变脸演员。其实所有动物都一样，包括高级动物人类，他的一生就是一部没有彩排的直播剧，手上持的是一张单程票。我的复活最多也就是一张多程票。人类研究出克隆、基因技术、量子医学后，相信将来也会持有一张人生的多程票。'祝你长命百岁'这句话也将成为过去式。生活是多彩的，我不也是花脸吗？"

"阿花，你觉得人类怎么样才能拿到生命的多程票？"复活犬的一番话引起了"铲屎官"们的兴趣，对无所不知的复活犬发起了追问。

复活犬"汪、汪、汪、汪"地叫了几声，那是它说"狗语"的哈哈哈大笑，它觉得这个问题既超前深奥又幼稚："这个问题应该问你们人类自己。秦始皇在公元前两百多年就派出船只到海外寻找长生不老的灵丹妙药，结果在琉球群岛（今冲绳岛）找到的所谓仙草也才让他活到五十岁。现当代的长生不老术更是层出不穷，什么注射干细胞和换血、干细胞重新编程等让那些所谓的长寿诊所赚足了富人的钱。还有1967年美国首富詹姆斯受到《永生的期盼》一书的影响，将肺癌晚期的自己放到零下196度的超低温环境冬眠，期待肺癌治疗技术突破的一天自己能复活重生，继续享受财富。刘慈欣的《流浪地球》中的冷冻胚胎人类火种计划，《三体》中云天明的大脑两百年后复活与三体人的梦境斗争，都寄托了你们人类对生命多程票的梦想。"在场和在各种平台、自媒体看直播的人们做梦也没想到复活犬居然一口气说了那么多连人类自己也没完全掌握的信息。

慨叹之余，"铲屎官"又继续发问："阿花，你会睡觉吗？"

复活犬懒洋洋地回答："会的。"

"什么时候？"

主持人对复活犬说："阿花，打起精神来，很快问完了。你再调皮我就按暂停键了。"

主持人这话真灵！复活犬最怕这个手段。按暂停键就是临时断电或关机，这让阿花受不了。就像唐僧给孙悟空念紧箍咒，会头痛欲裂的。阿花很明白，博士主持人就是它复活的技术骨干，她能让你复活，也能让你消失。还是老实点好。

复活犬这才站起来："平常我都是浅睡，就是半睡半醒那种状态，随时被唤醒；但没电或维修的时候，我会深睡，也就是沉睡不醒。"

"铲屎官"继续问"阿花,你会饿肚子吗?"

复活犬说:"会的。不过我吃起东西来老是吃不饱。"

这时,主持人拿来一个盘子放在复活弃犬前面的地上,又奇怪地从弃犬脖子上打开一个口子,把喉咙拉了出来连到盘子上,然后往盘子里放入五块肉一样的东西。复活弃犬见状,一块接一块地吃进嘴里,肉块又从喉咙管子掉进盘里。这样盘里一直有四块肉,复活弃犬一直在吃个不停。原来这就是巴甫洛夫的"假饲实验"。

主持人把盘子收起来,又把复活犬的喉咙放回原位,对"铲屎官"说:"请问最后一个问题。"

"阿花,你觉得你比发明你的人类更聪明吗?"

复活犬像受了委屈,耳朵耷拉下来,尾巴坠到地上,眼中饱含泪水:"不能,因为你们既然创造了我,也可以消灭我。这个比先有鸡还是先有蛋还要简单的问题,我的认知清晰得很。你们是高级动物,是我们犬类一万多年历史的朋友。你们的记忆是大脑细胞,我的记忆是集成电路芯片,你们的聪明可以自己努力,我的聪明只能归功于硅晶圆体(集成电路),归功于码农的辛劳,归功于主持人这样的动物学与人工智能复合专业的博士们。"这个复活犬最后还知道要拍拍主持人的"马屁"。难道它是目前世界上最聪明的狗吗?!

"铲屎官"还意犹未尽,问主持人能否追加一个问题。主持人说按规矩办事，不可以。"铲屎官"这时候也变得聪明起来："那么能问主持人一个问题吗？"

主持人说："仅限一个问题。"

"铲屎官"摸着复活犬的脑袋问："阿花的智商是多少？测试过吗？"

阿花好像意外被唤醒了，直接代替主持人回答："我的智商是一百五十三，离天才只差毫厘。"全场又是一片笑声，三千多只"汪星人"也汪汪汪地凑热闹。主持人有点后悔没按复活犬的暂停键，让它抢足了风头。毕竟是动物学与人工智能博士，她反问复活犬："阿花，你别得意。你的智商比我高。你知道差之毫厘的下一句吗？"复活犬的智商绝对是高："我能不回答吗？请不要按暂停键。"博士主持人与复活犬简直就是在"智斗"了，他把话筒伸向操场："那么请大家说。"

台下干脆把互动环节推向高潮："差之毫厘，谬以千里！"

复活犬只好把头、耳朵、尾巴都垂下来。它很清楚自己是一个人类创造的数智犬。这个定语很关键。

看到复活犬无精打采的模样，主持人不知道是动了恻隐之心，还是被阿花最后的"拍马屁"感动了，拿起一个复活犬吉祥物抛向广场，说："请接到吉祥物的观众说一句对复活犬的评价语。"

接中吉祥物的小伙子和全场观众一起喊:"阿花你最棒!"三千多只"汪星人"也汪汪汪地叫,声音和"棒!棒!棒"一个样。

这个小伙子意犹未尽,直接走上台,向主持人提出了一个请求:"刚才的评价语,本来是我一个人回答,结果被全场人抢答了,我能不能为复活犬阿花唱一首歌?"

主持人觉得这是个好"插曲",怎么策划时没有想到呢?又考虑到这场嘉年华超时太多了,没有马上答应。他打量了一下这个小伙子,看样子是个"〇〇后",又不像南方人:"你几岁了?从哪来?"

小伙子说:"我今年十八岁,从辽宁大连坐轮渡到山东烟台,再从烟台飞到江海省。一路上听着一首歌过来。"

主持人以为自己听错了:"你为什么不直接从大连飞江海?"

"我在闪音和小蓝书上听过弃犬阿花的故事,今天终于见到复活犬阿花。我想我一定要把这首歌唱给它听。"小伙子没有直接回答,却说得很动情。他摸遍了复活弃犬的全身,把脸贴在阿花的头脸说:"好想你啊!我还从老远的北方给你带来了礼物呢。"说着从身上的挎包掏出一只肉包子放到阿花的鼻子前面,"好香的肉包子啊!告诉我你的名字。"

复活弃犬突然抖一下整个头:"hachiko!"

小伙子吃了一惊！丈二和尚摸不着头脑："你不是叫阿花吗？怎么又叫hachiko了？hachiko是日本那只忠犬八公，早已经是秋田县涩谷火车站的一座雕像了。你是中国桂东南长垌乡土生长的阿花，坪塘火车站也有你的雕像。是不是你脑海里的爬虫爬错了地方？"这位来自东北的小伙子的一番话把全场都逗乐了，"汪星人"更是汪汪汪地凑热闹。

　　主持人目光锐利，盯着那只肉包子说："小伙子，你昨天坐轮渡、坐飞机、坐汽车漂洋过海几千公里来到这里，那肉包子被你捂坏了。复活犬鼻子植入了智能仿生技术，说通俗点，它就你们办公室顶上的烟感器，说深一点就是医院的检验室，鼻孔里的皱褶很敏感，有一点点异味都感觉出来。刚才阿花是打喷嚏。"

　　小伙子摸了一下自己的脑勺："怪不得今天早餐我拉肚子了。"

　　主持人被小伙子的真情感染了，把话筒递给他："山、海、距离都阻隔不了你对复活犬阿花的真情。唱吧！"

　　小伙子把复活犬阿花抱起来，声情并茂地唱起李宗盛作词曲的《漂洋过海来看你》，伴随着歌声，全场沸腾了！复活犬阿花也在小伙子的身上活蹦乱跳，它觉得整个广场的所有人、所有"汪星人"都在为自己复活重生的价值而喝彩。

　　活动的最后，主持人请著名动物学家、博士生导师杨俊斌教授讲几句话。

　　杨俊斌教授抚摸着复活犬的头说："阿花和它的父亲大汉一样，已经是我的生命和事业的一部分。科技的突飞猛进让阿花复活，随着江海大学生命科学院的产学研结合，将会有更多的阿花服务于广泛的产业与场景。这就应验了我常说的一句话：阿花的故事很长很长，将永远说下去。"

　　这场盛况空前的"动物嘉年华"，闪音、柠檬、百香果、小蓝书等多个平台及现场八千动物爱好者的朋友圈、自媒体的直播，评论、跟帖、点赞、弹窗的火爆程度堪比三年疫情后十一黄金周高速公路的堵点。正如杨俊斌教授所说：阿花的故事很长很长，将永远说下去。

跋：写一部我不是"我"的小说

一

写一部我不是"我"的小说太不容易了，而写一部人犬关系与命运抗争的小说就更是难上加难。这部小说在我的脑海里沉淀了很久很久，一直没有个写法。如果不是时任广东省作家协会组联部主任、二级巡视员郑毅的一个微信催生了这部小说，相信《弃犬历险记》到现在仍然只存在于脑海里，只以"腹稿"而存在，甚至"胎死腹中"，与广大读者无缘。

2022年4月，我将我的一篇散文新作发给广东省作家协会组联部主任、二级巡视员郑毅，也算向作协领导做个汇报，想不到她回了这样的微信："我不需要这个，我需要你那只狗的故事。"还说，"写作时建议你多看几遍海明威的《老人与海》。"收到这样的回复令我很吃惊，原来我偶然一次机会说过的那只狗的故事，居然在她的记忆里留下了根深蒂固的印象。当然，那只狗的传奇经历我说过给不少朋友听，大家每次见面都问写出来没有，但下次见面又是失望，变成了"念兹在兹"。

郑毅作为省作协的领导，我猜她发的微信是一个双关语，那只狗的故事不是只写给她看，还得给读者朋友一个交代。这让我下了写这部小说的决心。

我写小说不多，近些年只写了一篇有关大学校园的短篇《紫荆园之恋》（2.5万字），中山大学党委副书记李萍教授看了直呼感动，粤派文艺批评核心刊物《粤海风》也发了一组文艺家的评论。从大学生时代到目前，我写得比较多的是散文，从当年大学三年级的《车铃响叮当》（载于《人民日报》《新华文摘》），到这些年的《南粤春早》（《人民日报》，中国作家网）、《冬日广州听春潮》（《光明日报》，中国日报网）、《湛江看海记（上、下）》（《南方日报》，中国作家网）、《粤西的年味》（《南方日报》，广东作家网）、《说"鹅"》（《南方日报》，广东作家网），题材涉及粤西、湛江市和南粤某些村落，也包括《弃犬历险记》所描写的地方。但是我依然将《弃犬历险记》确定为虚构作品，因为小说中的"我"真的不是我。我当年考上的是中山大学中国语言文学系汉语言文学专业，而非"江海大学生命科学院动物学专业"；

我的父亲是县第一中学高中毕业班语文高级教师，没当过校长，母亲也是普通职员。所以小说中"我"不是我、"我爸"不是我爸、"我妈"不是我妈，是不需要去证明的。

最近在人民文学出版社公众号上看到汪曾祺《小说的散文化》一文，开篇第一句是"散文化似乎是世界小说的一种趋势"。其中列举了屠格涅夫的《猎人笔记》《白净草原》，都德的《磨坊文札》，契诃夫的《恐惧》，鲁迅的《故乡》《社戏》。汪曾祺认为："萧红的《呼兰河传》全无故事；沈从文的《长河》是一部很奇怪的长篇小说，它没有大起大落，大开大阖，没有强烈的戏剧性，没有高峰，没有悬念，只是平平静静，慢慢地向前流着，就像这部小说所写的流水一样。这是一部散文化的长篇小说。"

我个人认为，散文写多了，会将熟练的散文写作技巧带到小说里面去的，导致"小说散文化"。前面我所列举的一些散文篇目，像《车铃响叮当》《粤西的年味》《说"鹅"》，以及2023年写的《父道与师道》（光明网，中国作家网）、《生命之歌——写给亲爱的母亲》（光明网，中国作家网）都有小说《弃犬历险记》的相关场景。汪曾祺这篇文章，解开了我不按"规则"完成小说写作的谜团。

2022年4月，在准备开启"潜伏"在脑海多年的小说写作使命的时候，我的脑海里呈现出一个庞大的"写作计划"：谋篇布局、故事情节、人物群像、写作风格与语言特色等，这些都形成文案以后才按部就班开始写作。出乎意料的是，当长垌街、崖洞村、长垌河、四等小站、九川江、旺丁叔、杨兽医、卷粉铺店主、餐馆店主、火车站长、列车员、捉蛇佬等场景、人物与事件像影片般浮现在脑海里，结果一落笔，庞大的"写作计划"即成泡影，从初稿落笔的第一个字到小说结尾一气呵成。这也许是读者期待的使命使然，或是汪曾祺所说的"小说的散文化"使然。原来的"按套路出牌"的写作计划被潜伏在脑海中自然形成的波澜起伏、充满悬念的故事所抛弃。

二

2022年7月初完成了小说初稿后，才发现修改比写作更加艰难，因此才有了"写作三个月，修改一年半"的过程。

虽然在写作之前，我看过了多遍杰克·伦敦的《野性的呼唤》的小说和电影，以及《忠犬八公物语（故事）》（日本版、美国版），但写作一部我不是"我"的小说和一部以忠犬为主角的人犬关系与命运的小说，的确是一件十分艰巨的事情。这两年时间，我多次凌晨被大脑中构想的小说情节惊醒，伸手拿起手机写上几百甚至几千字，因为这些细节到了白天梦醒时分会像刚刚做完的梦一样，变得荡然无存、一片空白。

有一次下半夜被小说情节惊醒拿起手机写了两千多字，点完保存便休息，第二天早上发现凌晨时分点的是删除，那才叫痛心疾首！后来半夜在手机上写完，只好马上爬起床把文字导到电脑上，才放心睡觉。这样的情况发生在初稿写作和修改整个过程。

在修改的一年半时间里，我把一气呵成的初稿进行了重新审视。这个过程中，我阅读或重读了大量书籍，包括杰克·伦敦《野性的呼唤》、海明威《老人与海》、村上春树《弃猫》《挪威的森林》《第一人称单数》、加缪《异乡人》《鼠疫》、康拉德·特伦茨《所罗门王的指环》、马尔克斯《百年孤独》、塔拉·韦斯特弗《当你像鸟飞向你的山》、石黑一雄《克拉拉与太阳》、沈从文《边城》《长河》、费孝通《乡土中国》《江村经济》、道尔·门罗《What if 1》《What if 2》、詹姆斯·弗拉霍斯《智能语音时代》、罗德尼与贝尔克合著的《永远的爱犬》。这些名著的开篇、结局以及正文细节，都给了我新的启迪，让我重新梳理《弃犬历险记》主角所历的十多个"险"，命运的跌宕及心理活动，故事情节的因果关系；特别是读了《智能语音时代》和《What if 1》《What if 2》之后，就有了将原来的《尾声》改为《第十一章：奔向城市》，增加了《尾声：弃犬复活记》焕然一新的小说结局。我把这写作与修改的过程称为"一个完美主义者的两年"。

三

2023年10月6日这天令好多人纠结。这天是八天十一超长假的最后一天,返程高峰不但令高速公路严重拥堵,就连各个购票平台的抢票通道也出现众多堵点;这也还不算,八天长假之后接着是七天工作日,"假期综合征"令许多上班族感到"八天很短,七天很长"。特别是"搬砖"一族,特浓咖啡是必备的。当我看着手机上的吐槽胡思乱想的时候,一个微信语音冲了进来,令我大喜过望。

"民间说狗有九条命这话是有道理的。你小说的主角阿花三次跌落九川江晕过去,醒过来后神志清晰,生龙活虎,符合狗的生理特征。"微信那头是著名动物学专家、广东省检验检疫局原副局长黄伟明。这位毕业于华南农业大学畜牧兽医专业的动物检验检疫权威人士是我多年的好朋友。国庆节前夕,我把《弃犬历险记》修改打印稿送给他,他利用去海边度假的宝贵时间把修改稿全文细读了。他除了对整部小说给予了赞赏,更从专业角度给出了宝贵意见。比如"杨兽医"在当年没有核糖核酸检测的情况下,怎样从犬的年龄、花色、纹路、体型、肚脯、脚趾进行对比分析,确定"大汉"与"阿花"的"父子关系";犬的嗅觉灵敏度是人类的三百六十倍,是因为狗的鼻孔内有很多皱褶,而且经常保持湿润;杂交犬随公随母花色的概率；当年乡村（大队）、镇（公社）、县级兽医站的建制与设备条件；海关工作犬（特犬）训练的周期；等等，这些都成为我对小说做进一步修改的重要参考。

写一部小说，除了主体部分，"序"（前言）和"跋"（后记）怎样写也会令作者纠结不堪。但好在"序"则可以是"自序"，也可以是"他序"。在这部小说的《跋》里，我把该说的话都说了，就没必要再写个自序了。在请谁来给小说作序的问题上我纠结了很久，以致整部小说修改完成了还没确定下来。我想过比较多的人选，最担心的是，你请某某有影响力的人为你的书作序，他反而先让你给他写个初稿，这个所谓的序就变味了，不仅不是言由心生，反而可能是言不由衷了。10月26日，困惑当中我突然眼前一亮，想到了绝不会假手于人的我的前领导、暨南大学新闻与传播学院名誉院长、南方日报社前社长范以锦。我和这位著名的报人、新闻学者共事多年，他的水平与为人一直为我所尊崇，也为社会各界人士所尊敬。10月27日范社长收到书稿浏览一遍后，欣然应允为小说写序。我的期望是写个一千五百字左右的简短的序言，11月中旬写好就行。10月30日，范社长回复，小说看完，感觉写得很好，有感而发，写两千多字的序言没问题；同时还问了一些小说素材与我的生活经历相关的问题。11月6日，范社长告诉我："明天交稿。"7日晚11点34分，范社长发来了《序》稿，长达三千一百多字,还附言说:"老丘:晚上好!我先写了个草稿,请您核对事实和提法。因我不太熟悉这一行,也请您按您的意愿大刀阔斧修改。改后我再看看。"我十分尊崇的范社长的文品与人品闪烁在微信中并跃然纸上。我赶紧表示深深的谢意,并祝晚安,请他快休息。速览一遍《序》稿之后,留给我的是一个难忘的不眠之夜。第二天早上,"大刀阔斧"在范社长所写的《序》面前,完全无用武之地!只好原汁原味地奉献给读者。

11月8日,我将范以锦社长的《序》和《弃犬历险记》的PDF版发给中国少年儿童新闻出版总社原社长李学谦先生,9日他发来了"祝贺大作即将出版"的贺词,并表示他会读一遍小说。11月19日,这位大名鼎鼎的《中国青年报》前总编辑、中国少年儿童新闻出版总社原社长给我发来了一百多字的推荐语(见本书封底)。

令人激动的事情持续在小说创作和修改过程中呈现。2023年10月中旬的一天,著名画家、插画师赵晓苏发给我一条广东教育出版社公众号"名家力作/《画家笔下的异域风情——赵晓苏游世界》"的报道,我也把我的《弃犬历险记》PDF版发他,请他从美术家、插画师的角度提点意见,并请教他审阅后是否可以为小说插画。过了几天,赵老师发来了两张试画稿,并说小说写得挺好的,20日去老挝采风写生,月底回来后继续画。我和赵晓苏老师曾经是南方日报的同事，在我心目中他就是一个著名画家，最近才知道他的硬笔书法出众，文笔也十分优美，写过不少散文。他对小说背景十分熟悉，提出了好几条独到的见解。我的大学本科同学、西泠印社社员、著名篆刻家、广东广播电视台原副台长、南方电视台原台长蔡照波听闻我写了小说《弃犬历险记》，专门刻了"弃犬历险记"书名方印，并在边款刻上"丘克军同学长篇小说《弃犬历险记》即将出版，刻此贺之。癸卯蔡照波"以志祝贺。

2023年7月，广东省政府参事（馆员）在阳江市海陵岛休疗期间，我几次与华南理工大学电力学院副院长、博士生导师张波教授同桌进餐，我就《弃犬历险记》第十章《田野大学》中自制"小水电"的细节请教这位大名鼎鼎的电力学学科带头人，他从专业角度给予了我写作的信心。

十一长假那几天，我把受《智能语音时代》一书启发增写的《尾声：弃犬复活记》发给一位中山大学在读的"90后"人工智能博士（华南理工大学应用物理本科，纽约大学通信工程硕士），希望他从专业角度把把关。他觉得把原来的主角阿花动物标本"复活"成"数智犬"的写法非常吸引他的同龄人，非常认可这种写法；还指出"铲屎官"与"数智犬"互动太"人性化"，需要多点"犬性化"，比如狗的习惯性动作，可以加入细节，听到什么问题之后狗尾巴不摇了，狗耳朵耷拉了之类。这些意见都让复活的"数智犬"更加活灵活现。

2022年9月的一天，南方日报出版社曾经的同事周山丹、谭庭浩、刘志一、阮清钰一起茶聚，他们以资深出版人资历和复旦大学、中山大学、厦门大学的文学博士、硕士学历底蕴，对《弃犬历险记》给出了中肯的意见。

在没有写作计划情况下一气呵成写出的初稿，是因为多年沉浸在脑海里的弃犬阿花的故事所驱使，也是因为"小说的散文化"写作技巧使然；而经历一年半的修改，我反而在阅读了众多名著之后，在脑海和手机备忘录中形成了周详的修改计划。不论是见缝插针式的各章（含引子、第一至第十章以及尾声）修改补写，还是将《后记》改为第十一章，重新写作《尾声：弃犬复活记》，手机备忘录里都留下了我的"宏大"修改计划及改写内容；计划的每一部分都有括号注明"已完成"和"未完成"。这些修改与补写的完成，凝聚了首批"读者"朋友的宝贵智慧和阅读以上名著所受到的启发。

四

本书写作、修改与出版的完成，需要感谢的人和事的确太多，一言难尽；除了前文提到的，以下只能蜻蜓点水，挂一漏万。

首先要感谢花城出版社张懿社长与本书的责任编辑张旬。由于张懿社长对《弃犬历险记》的肯定与支持和责任编辑张旬所付出的智慧与辛劳，本书才得以与读者见面。在本书出版过程中，张懿社长对作品主题与内容的提炼，给予了充分的肯定与鼓励，坚定了我对作品的信心。张旬编辑与作品的沟通，体现了十分专业的水平，比如作品设想封面设计用虚化的蒸汽火车头为背景再突出清晰的弃犬头像，张旬编辑则用"封面采用的是摄影中失焦和聚焦的效果"专业述语来表达，并提出"封面设计须和插图的风格比较贴合融洽"的观念，关于封面、腰封的推荐语的提炼，也给予了非常专业的观点。

感谢我的父母。父亲当年在仅有的寒暑假相聚时间带给了我精神食粮，给我耍魔术和讲述充满智慧的故事，为我订阅《人民文学》杂志，给生活在山沟里的我带回收集起来的《南方日报》的文艺副刊，在经济困难时期尽量满足我买书的需求；感谢我的母亲，除了给我生活上的照顾，她当年把村里最艰苦的农活包揽在身上，给了我在困境中生存与成长的勇气。

感谢郭兰英所唱歌曲《我的祖国》，让"我"在铁路涵洞躲雨时做了一个漫游祖国大地的美梦；苏芮所唱歌曲《亲爱的小孩》和郑智化所唱歌曲《星星点灯》，让我加深了对孩童时代往事的记忆，让"我"和阿花找到回家的路，经过"四等小站""又见坪塘""见证奇迹""田野大学"的锤炼后"奔向城市"。

感谢桂东南山乡那片让我成长的土地。那片曾经令我困惑、迷茫的乡土，同时给了我向上生长的力量，给我积淀了丰厚的写作营养，成了我创作素材的原生地和热土。不论是散文还是小说。

感谢广州地铁18号线，让我在半个小时车程里，享受夏天凉快的空调，在乘客稀少、座位舒适、时速达到一百六十公里的美好环境下写下脑海蹦出来的小说细节。

感谢我的手机，令我在凌晨梦醒时分随手拿起，写下了一千几百字甚至几千字；多少次惊醒和不眠之夜所落笔的小说情节特别精彩。

感谢我的雪纳瑞，它让我读懂人犬之间的身体语言与语音默契的沟通，活灵活现的"犬的心理学"；也就有了小说主角阿花和"我"之间的默契配合与精彩对话，以及《尾声：弃犬复活记》里主持人、"铲屎官"与复活数智犬的精彩互动。

感谢2023年华南（广州）宠物嘉年华，这个"嘉年华"的举办让我更深入地了解当代社会人与动物的关系，看到人犬之间一万多年的历史及未来；有幸让读者读到《尾声：弃犬复活记》这全新的"尾声"。

丘克军

2024年3月于广州